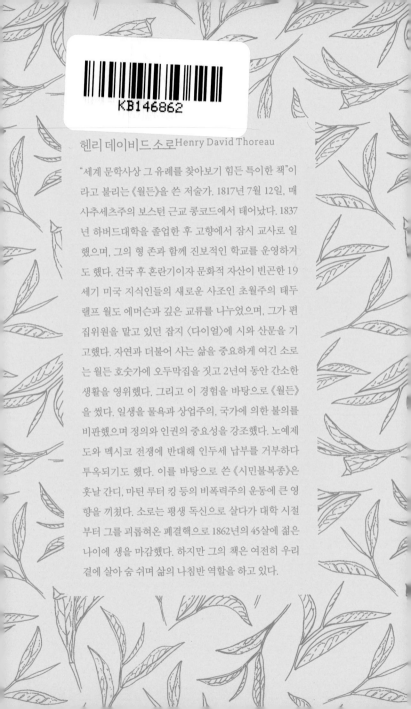

헨리 데이비드 소로Henry David Thoreau

"세계 문학사상 그 유례를 찾아보기 힘든 특이한 책"이라고 불리는《월든》을 쓴 저술가. 1817년 7월 12일, 매사추세츠주의 보스턴 근교 콩코드에서 태어났다. 1837년 하버드대학을 졸업한 후 고향에서 잠시 교사로 일했으며, 그의 형 존과 함께 진보적인 학교를 운영하기도 했다. 건국 후 혼란기이자 문화적 자산이 빈곤한 19세기 미국 지식인들의 새로운 사조인 초월주의 태두 랠프 월도 에머슨과 깊은 교류를 나누었으며, 그가 편집위원을 맡고 있던 잡지 〈다이얼〉에 시와 산문을 기고했다. 자연과 더불어 사는 삶을 중요하게 여긴 소로는 월든 호숫가에 오두막집을 짓고 2년여 동안 간소한 생활을 영위했다. 그리고 이 경험을 바탕으로《월든》을 썼다. 일생을 물욕과 상업주의, 국가에 의한 불의를 비판했으며 정의와 인권의 중요성을 강조했다. 노예제도와 멕시코 전쟁에 반대해 인두세 납부를 거부하다 투옥되기도 했다. 이를 바탕으로 쓴《시민불복종》은 훗날 간디, 마틴 루터 킹 등의 비폭력주의 운동에 큰 영향을 끼쳤다. 소로는 평생 독신으로 살다가 대학 시절부터 그를 괴롭혀온 폐결핵으로 1862년의 45살에 젊은 나이에 생을 마감했다. 하지만 그의 책은 여전히 우리 곁에 살아 숨 쉬며 삶의 나침반 역할을 하고 있다.

매일 읽는 헨리 데이비드 소로

The Daily Henry David Thoreau

매일 읽는
헨리 데이비드 소로

헨리 데이비드 소로 지음

로라 대소 월스 엮음

부희령 옮김

계절 속에서 살아가기

오늘날 우리는 시계와 달력으로 조정되는 삶을 산다. 시간은 매우 작은 단위로 쪼개져서 전 세계 사람들의 사회생활을 조절한다. 그러나 헨리 데이비드 소로는 시계와 달력을 이용해 흘러가는 시간을 나누고 통제하려는 현대성에 저항했다. 그는 현존하는 시간을 펼쳐서 탐구하고자 했다. 죽은 듯 무감각한 시계가 아닌 살아 있는 해시계로, 인공적인 시간이 아니라 계절들이 활기차게 도착하는 매 순간을 세상에 알려 주는 시계로 주의를 돌렸다.

친구인 랠프 월도 에머슨Ralph Waldo Emerson은 소로가 꽃을 관찰하는 것만으로도 날짜를 거의 맞춘다는 것에 놀라워했다. 달력과 단 이틀밖에는 차이가 나지 않았다. 동네 아이들은 하얀 수련이 시곗바늘의 움직임 때문이 아니라 아침 첫 햇살을 받아 깨어난다는 것을 소로 덕분에 깨우쳤다. 하나의 순간이 어떻게 영원으로 이어지는지 깨닫게 한 그 광경을 어른이 될 때까지 오래도록 기억했다. 소로는 《월든Walden》에 썼다. "시간은 내가 물고기를 낚으러 가는 시냇물일 따름이다. 나는 그 물을 마시면서 모래가 깔린 바닥이 얼마나 얕은지 가늠해 본다."(7월의 일기 참고)

《매일 읽는 헨리 데이비드 소로》는 시간의 흐름과 현존에 대한 소로의 실험을 담은 책이다. 그가 〈야생 과일Wild Fruits〉에서 정교하게 펼쳐 낸 말놀이, 그리고 계절의 순환을 다룬 마지막 미완성 원고도 함께 실었다(8월 23일의 일기 참고).

계절이 흘러가는 대로 살아라. 그 공기를 호흡하고, 그 음료를 마시고, 그 열매를 맛보고, 그 영향력에 자신을 맡겨라. 불어오는 모든 바람에 나부껴라. 모공을 활짝 열어 자연의 온갖 물결 속에 잠겨라. 시냇물과 바닷속에, 모든 계절 속에, 봄과 함께 초록으로 자라고, 가을과 함께 황금빛으로 익어라. 어떤 이들은 봄에, 혹은 여름에, 혹은 가을에, 혹은 겨울에 잘 지내지 못한다고 생각한다(말놀이를 용서해 주길). 그 이유는 그저 그들이 정말로 잘 지내지 못하기 때문이다. 다시 말해 완전히 계절 속으로 '들어가지' 못하기 때문이다.

'계절 속에서 살아가기'라는 소로의 생각이 이 책을 이루는 핵심이다. 이것은 흘러가는 매 순간에 주의를 기울이도록 한다. 시각과 청각, 미각과 촉각과 후각, 이 모든 감각으로 만물의 성장과 쇠퇴, 재생의 커다란 순환에 주목하게 한다.

따라서 이 책에는 좁은 반경 안이긴 하지만 다음과 같은 소로 자신의 포부를 담고 있다. "계절에 관한 책, 페이지마다 당시의 계절과 야외 바깥 풍경, 또는 그곳이 어디든 그 지역적 특성을 기록한 책"(6월 11일의 일기 참고). 물론 그것은 매우 지루한 기록이 될 수도 있다. "겨울이네, 그래서 눈이 오는구나." 소로는 이처럼 반복되는 계절의 순환을 익숙하게 여기며 자랐다. 자연에 대한 진부한 글쓰기였지만 그는 더 많은 것을 찾아냈다. 날마다 물리적 세계를 일기로 기록하고, 반복되는 평범한 일상의 주기 속에서 하루라는 선물을 열어 그치지 않는 변화와 놀라움을 찾고자 했다. 진심을 기울여 관찰한 한순간은 빠르게 흘러가는 우주를 포착하는 순간이었다.

계절 속에서 사는 것은 형이상학이면서 동시에 소로가 '마음의 기상학 일지'(1851년 8월 18일의 일기)라고 부른 것이기도 하다. 이 책에 실린 인용문의 출처 대부분인 소로의 일기는 자신의 상상을 관찰한 글이다. 미국의 현대 시인 로버트 프루스트Robert Frost의 시 〈창가에 나무Tree at My Window〉에서 말한 것처럼 날씨의 내면과 외면을 탐구한 것이기도 하다.

그는 때로 바깥의 날씨에 압도되어, 형이상학적 성찰을 하고 그 짜릿함을 맛보았다. 반대로 내면의 날씨가 우세해질 때면, 그의 주위를 맴돌던 정치적 사유의 기후를 기록하기도 했다. 노예폐지론자들의 정치적 견해가 소로와 미국인들을 남북 전쟁으로 끌어들이던 암담한 시절의 일이다.

그러나 소로는 이런 정치적인 분열은 주위에서 이미 벌어지고 있던 훨씬 더 큰 전쟁의 한 징후일 뿐이라고 여겼다. 그것은 바로 인간과 자연이 벌이는 전쟁이었다. 그 무렵 뉴잉글랜드 지역은 산업 자본주의 혁명으로 심각한 상황에 놓여 있었다. 소로의 고향인 매사추세츠주의 콩코드Concord는 최전방이었다. 그는 삼림을 벌채하여 파괴된 환경의 모습을 글로 기록했다. 월든 하우스는 숲이 깨끗하게 잘려 나간 데가 바로 내려다보이는 자리에 있었다.

《월든》이 출간되었을 무렵, 그가 어릴 때부터 함께해 온 숲은 거의 사라졌다. 그는 강 상류에 있는 목재 공장에서 흘러나온 오염 물질과 하류에 있는 공업용 댐으로 물고기 개체군이 입은 피해도 기록했다. 농부들이 야생 건초를 얻던 강가의 목초지가 홍수로 다 잠겨 버린 일도 썼다.

한번은 그가 실수로 숲에 불을 낸 적이 있었다. 그는 남은 생애 내내 나무들이 다시 살아나는 것을 주의 깊게 관찰했다. 그러나 기차 바퀴에서 불꽃이 튀는 바람에 다시 불이 나 숲이 더 많이 타 버리는 사건이 일어나기도 했다. 그는 월든

하우스와 읍내에 있는 가족이 사는 집에서 기차가 오고 가는 것을 지켜보았다. 기차는 뉴잉글랜드산 수출용 원자재를 보스턴 항구로 실어갔고, 돌아올 때는 전 세계에서 수입된 상품을 싣고 왔다. 세계화는 이미 세상의 풍경을 바꿔 놓았고, 모든 주민의 삶도 뒤바꾸고 있었다.

계절 속에서 살아가는 일은 소로의 저항 방식이 되었다. 그는 자연의 가장 미세한 부분을 유심히 들여다보고 주의를 기울이려 애썼다. 처음에는 자연이 되살아나는 과정을 관찰하며 숲의 회복력을 이해하려는 것이었고, 나중에는 자신이 알게 된 것을 친구들에게 보여 주려는 데 더욱 힘을 기울였다. 소로는 계절 속에서 살아가면서 현대인이 느끼는 단절감을 어떻게 치유할 수 있는지 알려 주었으며, 소외감을 관계 맺기로, 무관심을 사랑으로, 무지를 책임으로 대체하는 방식을 일깨워 주었다.

그는 동네 아이들에게서 본 경이로움에 동화되어서, 더는 성장하지 않을 것이며 매혹적인 세계에 대한 감각을 잃어버리지 않을 것이라고 했다. 나이를 먹으면서 그 맹세는 심

오하고도 종교적이기까지 한 헌신으로 나아갔다. 소로는 자신의 연구가 과학의 성격을 지니고 있음에도 스스로 몸과 마음을 조율하여 자연계와 신비로운 하나가 되는 경지로 이르는 데 전념했다(그의 에세이《숲속 나무들의 이어짐The Succession of Forest Trees》은 오늘날까지 숲 생태학의 기초 교재이다).

이 모든 것의 핵심에는 언제나 글쓰기가 있었다. 소로는 '옥수수와 풀과 대기를 기록하는 모든 자연의 필경사'가 되기로 맹세했다(9월 2일의 일기 참고). 야생에 대한 열정, 그리고 언어에 대한 사랑 덕분에 그의 사유는 살아남았다. 그의 언어는 학자의 정확성과 음악가의 귀로 조율된 것이었다. 그가 남긴 글 덕분에 그의 세계는 여전히 살아 있다. 그의 글은 우리가 어떻게 주변의 지역적 특징들과 더 넓은 맥락에서 우리 시대의 기후를 연결할 수 있을지, 어떻게 몰락한 세상에서도 지켜야 할 가치가 있는 아름다움을 발견할지를 알려 준다. 우리는 그가 알려 준 선물 같은 가르침에 감사할 따름이다.

1월

January

겨울밤이 여전히 이어지고 있을 때 의문에 휩싸인 기분으로 깨어났다. 나는 잠 속에서 무엇을-어떻게-언제-어디서라고 계속 질문하며 해답을 찾으려 헛되이 애쓰고 있었다. 새벽이 밝자, 커다란 창문 밖에서 온갖 피조물을 품고 있는 자연이 고요하고 만족스러운 얼굴로 나를 들여다보았다. 그 입술에 의문이라고는 없었다. 나는 자연과 햇빛을 향해 깨어나며 해답을 얻었다. 눈으로 뒤덮인 땅 위에는 어린 소나무들이 점점이 흩어져 있었다. 내 집이 자리 잡은 언덕의 비탈은 마치 "앞으로!"라고 말하는 듯했다. 언젠가는 죽을 운명인 우리가 던지는 질문과 대답 같은 것에 자연은 전혀 관심이 없다.

겨울 호수,《월든(1854)》

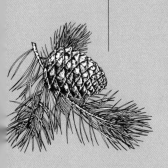

기온이 영하 13도까지 내려갔다. 굶주린 개에게 주는 뼈다귀처럼 꽁꽁 얼어붙은 추운 겨울이 우리에게 던져졌다. 우리는 그 골수까지 빼먹게 될 것이다. 그러나 겨울은 아무 목적 없이 우리에게 온 것이 아니다. 우리는 온화함으로 추위를 녹여야만 한다. 계절과 열매는 사람을 위해 존재한다. 겨울은 사람의 두뇌를 알곡처럼 단단하게 채워준다. 사람이 성숙해지는 계절이다. 사유의 격조와 견고함, 일관성을 얻는 시기다. 그래서 겨울에는 한 해의 큰 수확인 사유를 거둔다.

1854년 1월 30일의 일기

오늘 아침 종소리는 특별히 감미롭다. 예전보다 더 크게 들리는 것 같다. 얼마나 크고 위대한 종교성이 그 소리에 담겨 있는지, 종소리가 불러 모은 사람들의 수보다 훨씬 더 크다! 사람들은 종소리에 이끌려 따뜻한 난로가 있는 교회로 간다. 그러나 신은 서리 내린 덤불 앞을 지나가는 이들에게 자신을 드러낸다. 그 옛날 불타는 모습으로 모세에게 나타난 것처럼.

1853년 1월 2일의 일기

01
03

내가 자연을 사랑하는 이유는 자연이 사람이 아니기 때문이다. 또 한편으로는 자연이 사람을 피할 수 있는 안식처이기 때문이다. 사람이 만든 어느 제도도 자연을 통제하거나 설득하지 못한다. 자연에서는 또 다른 종류의 권리가 우세하다. 자연 속에 있으면 나는 완전한 기쁨을 누릴 수 있다. 이 세상에 온통 사람만 있다면, 나는 기지개도 켜지 못하고 희망도 모두 잃을 것이다. 사람들은 나를 구속하지만, 자연은 나에게 자유다. 사람들 속에서 나는 다른 세상을 소망하지만 자연 속에서 나는 있는 그대로도 만족한다. 자연이 주는 즐거움은 사랑하는 이의 솔직한 말을 들을 때 느끼는 즐거움과 같다.

1853년 1월 3일의 일기

운명은 거칠고 제멋대로이다. 그것이 운명이니까. 전지전능한 신은 무엇보다도 거칠고 제멋대로이다. 운명이 그렇듯이.

1853년 1월 27일의 일기

바로 그때 나는 신 혹은 인간에 대한 아주 작은 증거를 보았다. 혹여 삶이 그렇게 보이지 않는다고 해도 실상은 풍요롭고 설레는 위대한 것임을 드러내는 아주 작은 증거를 보았다. 코트 소맷자락에 내려앉은 눈송이를 유심히 보았을 때 그것은 완벽한 결정체였다. 여섯 개의 빛살이 뻗어 나간 별 모양으로, 마치 바큇살이 여섯 개인 납작한 수레바퀴 같았다. 가운데에서 빛나는 스팽글 주위로 각각의 바큇살들이 작은 소나무의 모습으로 완벽하게 배열되어 있었다. 이 작은 수레바퀴들이 하늘에서 벌어진 전투에서 부서진 전차들처럼 아래로 떨어진다. 우리는 보석으로 된 눈과 비를 맞는다.

1858년 1월 6일의 일기

지구–별을 만든 것과 같은 법칙으로 눈–별이 만들어진다. 꽃송이의 꽃잎 개수가 확실히 정해져 있는 것처럼, 수많은 눈–별 낱낱은 빙글빙글 돌아 땅으로 내려오며 그 모습을 널리 드러내고, 여섯이라는 숫자를 강조한다. 질서, Κόσμος(코스모스)… 들쥐는 지하 통로로 들이친 눈송이들을 퍼내고, 학교에 가는 소년은 눈을 뭉쳐 던지고, 나무꾼의 작은 썰매는 반짝이는 스팽글 위로 스르륵 미끄러지며 천국의 마룻바닥을 쓸고 지나간다. 그리고 모든 눈송이는 노래한다. 점점 녹아 가면서 여섯, 여섯, 여섯이라는 신비한 숫자를.

1856년 1월 5일의 일기

어떤 지인들이 찾아오면 기분이 별로 좋지 않을 때가 있다. 사람들이 자기 집처럼 편안해하지 않기 때문이다. 앉으시길, 의자가 부서져도 좋으니 털썩 앉으시길. 나는 당신이 사람을 만날 여유가 있을 때 만났으면 한다. 만나자마자 당신을 보내고 싶지는 않다. 만약 다른 약속이 있다면, 나를 잊고 우선 그 일에 충실하기를 바란다. 창조주가 세상을 만들고 난 다음처럼 충분히 여유롭지 않은 사람이라면, 그냥 안녕.

1850년 1월 5일 이후의 일기

지구의 다른 곳에서 온 따뜻한 공기가 갑자기 주위를 둘러싼다. 날씨가 확 달라졌다! 남풍이 불어온 날, 새로운 계절을 축하하며 우는 수탉들의 낭랑한 소리와 앞으로 낳을 달걀을 기대하는 암탉들의 굼뜬 음조가 멀리서나 가까이서나 한순간도 쉬지 않고 들린다. 육지에 가까워지는 항해자처럼 닭들은 들떠 있다. 한 계절 동안 눈으로 덮여 있던 땅이 다시 드러날 때마다 우리는 새로운 세상을 발견한다.

1860년 1월 8일의 일기

아주 먼 곳에서, 수북이 쌓인 눈과 음산한 폭풍을 헤치고 나의 오두막을 찾아온 이는 시인이었다. 농부, 사냥꾼, 병사, 기자 심지어 철학자조차 움츠리게 할 수 있는 사람. 그러나 아무것도 시인을 저지할 수는 없다. 순수한 사랑으로 움직이기에.

앞서 살았던 사람들, 그리고 겨울 손님들, 《월든(1854)》

구석구석 스며드는 차가운 바람은 모든 전염병을 몰아낸다. 바람을 견딜 수 있는 것은 오직 미덕이 깃든 것들뿐이다. 산꼭대기처럼 춥고 황량한 곳에서 무엇을 만나든, 우리는 청교도적 강인함과 같은 꿋꿋한 무구함을 존경한다. 그렇지 않은 다른 것들은 모두 피난처를 찾는다. 추운 바깥에서 버티는 것들은 우주의 근원적 뼈대의 일부가 틀림없으며, 신과 같은 용맹함을 지닌다.

《겨울 산책(1843)》

01
11

매해 겨울이 되면 연못은 수면에서부터 깊은 바닥까지 단단하게 언다. 소나 말이 끄는 매우 무거운 수레도 지날 수 있을 정도가 된다. 이내 눈이 내려 연못과 땅을 구별할 수 없는 높이로 쌓인다. 그러면 주변 언덕에 사는 마멋처럼 연못도 깊은 겨울잠에 빠져든다.

1854년 1월 12일의 일기

겨울에 우리 마음을 뒤흔드는 것은 아마도 멀리 가 버린 여름을 회상하는 일일 테다. 우리는 시냇물 이쪽에서 저쪽으로 건너뛰어 다녔지! 흘러가는 시냇물은 정말로 예뻤지! 활기찬 생활! 즐거운 모임! 추위는 그저 겉에서만 맴돌고, 저 안쪽 중심 깊숙한 곳에는 여전히 여름이 있다. 까마귀는 까악까악, 수탉은 꼬끼오, 울고 따스한 햇볕이 등허리로 흘러내렸지! 새들의 소리는 얼마나 듣기 좋았는지! 까마귀 소리는 그저 서로를 부르려는 게 아니라 나에게 말을 건네는 것이다. 나와 까마귀는 하나의 거대한 피조물이다. 까마귀에게 목소리가 있다면, 나에게는 귀가 있으니까.

1855년 1월 12일의 일기

옷감을 짤 때 어떤 작업 단계도 허투루 넘어가지 않는다는 사실에 놀란다. 정교하게 옷을 짜기 위해 모든 실의 길이를 계산한다. 예술은 우리에게 많은 교훈을 준다. 옷감 짜는 이의 철저함과 성실함 없이는 단 1야드의 천도 얻을 수 없다. 또한 배를 물에 띄우려면 반드시 모든 틈을 메꿔 방수를 완벽하게 해야 한다.

1851년 1월의 일기

저 멀리 강 가장자리를 경계 짓는 덤불과 풀이 쌓인 눈 위로 삐죽 솟아올라 있다. 마치 리부스 rivus(개울)라는 라틴어 글자를 써 놓은 것 같다.

1852년 1월 14일의 일기

날씨가 어떻든, 밤과 낮의 어느 때든, 나는 짧은 틈에 불과한 시간조차 잘 쓰기를, 그리고 그것이 내 지팡이에 눈금으로 표시되기를 간절히 바랐다. 과거와 미래라는 두 영원이 만나는 순간인 현재에 서 있기 위해, 그 눈금 위에 서 있기 위해.

생활의 경제, 《월든(1854)》

쌓인 눈 위에서 동물학에서도 정체를 밝히지 못한 우월한 생명체의 발자국을 만나게 되기를 기대한다. 그 위로 지나가지 않고도 발자국만 남길 수 있는 생명체를. 우리에게 보이는 것은 오로지 영혼의 흔적일 뿐이다. 우리를 기쁘게 하고, 회복시켜 줄 어떤 아름다움, 음악, 향기, 달콤함이 거기에 담겨 있을까? 지성의 흔적은 전혀 없는 걸까? 개가 냄새 맡을 수 있는 다른 자취는 전혀 없는 건가?

1854년 1월 1일의 일기

01
17
올컷^{Alcott}*이 어느 날 천국의 정의를 잘 내려 주었다. '천국이란, 대화가 조금이라도 가능한 장소.'

1860년 1월 17일의 일기

* 아모스 브론슨 올컷^{Amos Bronson Alcott}(1799~1888) 미국의 진보적 교육가이자 철학가, 그의 딸은《작은 아씨들》을 쓴 루이자 메이 올컷이다.

추위가 누그러진 온화한 겨울날이다. 맑고 화창하다. 나는 월든에 내린 눈 위에 드리워진 푸른 그림자를 본다. 눈은 약 25센티미터쯤 평평히 쌓여 있고, 손도끼만 있으면 나는 어디든지 나갈 수 있다. 눈 위에 드리워진 내 그림자보다 더 환희에 찬 파랑을 본 적이 없다. 모자에서부터 장화에 이르기까지, 나는 키 큰 페르시아 도자깃빛 파랑이다. 필멸의 인간은 감히 만들 수 없는 염료로 물들어 있다. 손에는 자수정 도끼를 들고. 나는 내 그림자에 넋을 잃는다.

1856년 1월 18일의 일기

사람들은 모두 자기 장작더미를 흐뭇한 마음으로 바라본다. 나도 창문 앞에 장작을 쌓아두는 것을 좋아한다. 지저깨비가 많을수록 그 즐거웠던 작업이 자주 떠오른다.

집에 불 때기, 《월든(1854)》

이즈음 농부들은 꽁꽁 언 목초지에서 토탄과 거름을 캐내어 싣고 온다. 이 작업은 학자가 하는 일에 비유할 수 있다. 겨우내 단단히 얼어붙은 목초지로 수레를 몰고 가서, 더운 여름날 땅이 무를 때 그가 묻어 놓은 흙이 거름으로 변한 첫 삽을 떠내는 준비를 하는 것. 학자와 농부의 일은 확실히 비슷하다. 학자도 나처럼 연구한다. 헛간 마당은 나의 학술 일지다.

1852년 1월 20일의 일기

낮의 하늘빛처럼 밤하늘이 푸르스름하게 보일 때마다 나는 놀라움을 느낀다. 빛은 창공에 널리 퍼져 언제나 존재하고 있다. 낮에 보았던 푸른빛은 밤의 베일 너머로 여전히 보인다. 공기가 깨끗할 때 밤은 검은빛이 아니라 푸른빛이다. 빛과 에테르의 드넓은 바다는 그저 일부일 뿐인 밤의 영향을 받지 않는다. 밤은 우주 전체가 아니다. 한밤중에도 나는 저 너머에 있는 우주의 낮을 본다.

1853년 1월 21일의 일기

철둑길을 따라 산책할 때면 얼어붙은 땅을 울리는 내 발자국 소리가 거슬린다. 지난 두 달 동안 내내 그랬다. 밤의 고요에 귀 기울이고 싶다. 고요는 긍정적인 것이며 귀에 들리는 것이니까. 귀를 막고 걸을 수는 없다. 마을을 벗어나 숲 근처로 다가가면 이따금 '고요'라는 사냥개들이 달을 향해 으르렁거리는 소리가 들린다. 그들이 사냥감을 쫓고 있는지 아닌지 알아차릴 수 있다. 울려 퍼지는 고요는 마치 음악과도 같아서 나는 전율한다. 고요를 들을 수 있는 밤. 나는 말로 설명할 수 없는 그 소리를 듣는다.

1853년 1월 21일의 일기

하루가 가고 있다. 마당에서 수탉들이 꼬꼬댁
거리는 소리가 들린다. 햇빛 아래서 서로를 뒤
쫓으며 잡동사니 사이를 돌아다니고 있다. 마
룻바닥 위로 바삐 걸어 다니는 소리가 들린다.
온 집안이 분주하다. 하루가 무사히 지나가고
있고, 시간은 흘러넘치도록 여유롭다.

1841년 1월 23일의 일기

올겨울에는 평소처럼 강이 얼지 않았다. 겨우 내 썰매를 거의 탈 수 없었다. 이 계절에 날씨가 이토록 따뜻해서 맨땅이 드러나 있는 것이 별로 보기 좋지 않다. 이런 위도에서 눈과 얼음이 없는 겨울이라니? 맨땅은 보기 흉하다. 이번 겨울은 여름이 땅속에 묻혀 있지 않다.

1858년 1월 24일의 일기

01
25

이번 겨울에는 이전보다 더 심하게 나무들을 잘라내고 있다. 페어 헤이븐 힐Fair Haven Hill, 월든Walden, 린네아 보레알리스 우드Linnaea Borealis Wood 등등. 그 사람들이 구름까지 잘라 낼 수는 없는 것에 대해 신에게 감사한다!

1852년 1월 21일의 일기

당신은 늙어서 안경 없이는 보는 게 힘들다고 말한다. 하지만 선지자로서 신성한 능력이 쇠퇴하는 게 아니라면 그리 대수로운 일은 아니다.

1854년 1월 27일의 일기

잘은 모르겠지만, 일기에 쓴 것들을 비슷한 내용끼리 나누어 따로 에세이로 엮는 것보다 지금 이대로 출간하는 게 나을 것 같다. 지금 내 생활과 관련이 있는 것들이라서 독자들이 보기에도 억지스럽지 않을 것이다. 더 단순하고 덜 작위적이다. 그저 사실들, 이름들 그리고 날짜들만으로도 생각보다 소통이 잘 된다. 꽃이 들판에서 자랄 때보다 꽃다발로 만들면 더 나아 보인다 해도, 그것을 만들면서 우리의 발은 다 젖어 버릴 테니까!

1852년 1월 27일의 일기

01
28

당신이 발걸음이 아무 이득도 없고 실패라는 생각이 들 때, 이제는 발길을 돌리지 않을 이유가 거의 없을 때, 그때가 바로 성공하기 직전이다. 우울해지고 탈진하려는 순간, 자연은 반드시 문을 열어 주기 때문이다.

1860년 1월 27일의 일기

01
29 높이 날아오른 까마귀가 우리를 위해 하늘의
고막을 건드린다. 그리하여 비로소 그 음색이
드러난다.

1860년 1월 30일의 일기

제정신이 아닌 사람이 어느 일요일 찬송가 책을 들고 빈 설교대로 걸어 들어와 말했다. "옥수수와 감자를 많이 수확한 풍성한 가을이 갔습니다. 다 함께 겨울을 노래합시다." 그래서 나도 "다 함께 겨울을 노래합시다."라고 했다. 달리 부를 수 있는 노래가 뭐가 있을까, 우리 목소리가 계절과 조화를 이루려면?

1854년 1월 30일의 일기

얼음이 녹는 때를 맞이한다. 이 지역의 해빙기는 1월의 분위기와 함께 오며, 얼음이 갈라지고 수문이 열린다. 혹독한 겨울의 일상에 얼어붙었던 생각이 온갖 느낌으로 터져 나온다. 겹겹이 쌓인 얼음 장벽은 홍수가 휩쓸어 가듯 사라진다. 우리의 생각은 아직 솜털과 나뭇진으로 뒤덮인 비늘 속 꽃봉오리처럼 드러나지 않고 숨어 있다. 고작 자고새 한 마리를 굶주림에서 구할 수 있을 뿐이다. 겨울을 보낸 내 생각이 궁금하다면, 자고새가 물고 있는 한 톨의 곡식 속에서 찾아보길.

1854년 1월 31일의 일기

2월
February

지구는 지질학자와 고고학자들의 주요 연구 대상인 지층이나 켜켜이 쌓인 책의 낱장 같은 죽은 역사의 파편이 아니다. 꽃이나 열매보다 먼저 나무에 돋아나는 잎사귀처럼 살아 있는 시다. 지구는 화석이 아니라 살아 있는 존재다. 지구의 중심이라는 거대한 생명과 비교하면, 모든 동물과 식물은 지구에 기생하는 생명체에 불과하다. 지구의 중심이 고통스러워하면 인간의 유해들은 그 무덤에서 내팽개쳐질 것이다. 인간은 금속을 녹이고 틀에 부어 매우 아름다운 형상을 만들 수 있다. 그러나 땅이 녹아 흘러 만들어진 지구의 형태만큼은 위대하지 않다. 그뿐 아니다. 땅 위의 모든 제도는 도공이 손에 쥐고 있는 진흙처럼 쉽게 바뀐다.

봄, 《월든(1854)》

현재를 사는 것이 가장 중요하다. 언젠가 사라질 운명인 인간 중에서 과거를 기억하고 지나가는 삶을 한순간도 놓치지 않는 이는 축복을 받게 된다. 우리의 철학이 지평선 안에 있는 모든 헛간에서 수탉 우는 소리를 들을 수 없다면, 이미 늦어 버린 것이다. 수탉 우는 소리가 우리의 사유와 일과 습관이 녹슬어 고물이 되어 가고 있음을 상기시킨다. 현재를 사는 이의 철학이 가장 새롭다. 그 속에는 새로운 성서, 오늘날 꼭 필요한 복음을 전할 수 있는 중요한 무엇인가가 있다.

《걷기(1862)》

아침에 나의 지성은 《바가바드기타》의 거대한 우주 생성 철학으로 정화되었다. 이 책이 기록된 뒤 신들의 세월이라 할 만큼 기나긴 시간이 흘렀다. 이에 비하면 현대 세계와 문학은 보잘것없고 사소하기만 하다. 나는 책을 내려놓고 우물로 물을 길으러 간다. 그런데 하! 그곳에서 브라마와 비슈누, 인드라를 섬기는 승려이자 브라만 계급의 하인인 어떤 이와 마주친다. 그는 빵 한 조각과 물주전자만 가지고 갠지스강 옆 사원에 앉아 《베다》를 읽거나 나무 아래에서 살고 있다. 그와 나의 양동이가 같은 우물에서 부딪혀 소리를 낸다. 월든의 맑은 물이 갠지스의 신성한 물과 뒤섞인다.

겨울 호수, 《월든(1854)》

열 살짜리 소년 몇몇이 내가 아는 가장 멋진 스케이터들이다. 헤엄치듯 우아한 동작으로 이쪽 저쪽으로 몸을 기울이면서, 늪지의 매가 덤불을 스치며 날아가듯 얼음을 지친다.

1855년 2월 3일의 일기

일기에 날씨나 그날의 특징을 몇 마디 단어로
적어 두는 게 중요하다. 그게 우리 감정에 영향
을 미치기 때문이다. 그 순간에 중요했던 것은
기억해 두어야만 한다.

1855년 2월 5일의 일기

02
05

자연을 묘사하는 문학은 어디에 있나? 바람과 시냇물이 남긴 깊은 인상을 자신의 말로 표현하는 데 헌신하는 이가 시인이다. 시인의 말은 진실하고, 신선하고, 자연스러워서 다가오는 봄을 기다리며 부풀어 오른 꽃봉오리 같다.

《걷기(1862)》

교리 문답식으로 말해 보겠다. 인간의 으뜸가는 목적이 무엇일까? 삶에 정말로 필수적인 것과 그것을 이루는 수단은 무엇일까? 지금처럼 살아가는 방식을 인간이 의도적으로 선택한 데에서 그 대답을 찾을 수 있다. 인간은 다른 방식보다 지금의 방식을 선호했으며, 솔직히 다른 선택의 여지가 없다고 믿는다. 그러나 늘 깨어 있으며 본성이 건강한 이들은 태양이 선명하게 떠오른다는 것을 잊지 않는다. 우리는 언제든 우리의 편견을 버릴 수 있다.

생활의 경제, 《월든(1854)》

지난밤에는 오랜만에 매우 추웠다. 얼굴 주위로 이불이 얼어서 빳빳해졌다. 고양이가 울어서 문을 열어 주었는데 처음에는 밖으로 나가려 하지 않았다. 9시쯤 고양이가 돌아왔을 때, 고양이에게서 건초 냄새가 났다. 가족들 모두 고양이를 껴안고 냄새를 맡았다. 아주 향긋했다. 헛간에서 뒹굴다가 온 모양이었다. 사람들은 잠자리에 드는 것을 겁냈다. 밤이 되자 제분기가 도는 소리를 내면서 땅에 금이 갔고, 집 벽의 목재도 갈라졌다. 아침에는 물통의 물이 얼어서 마실 수 없었다. 손가락이 곱아서 단추를 채울 수도 없었다(소로는 이 무렵 콩코드에서 가족과 함께 살고 있었다).

1855년 2월 7일의 일기

사람들 모두 정당한 의도를 가진다. 일부러 악마를 안내자로 삼지는 않는다. 그림자가 우리와 태양 사이에 생기는 법은 없는 것과 마찬가지다. 태양을 향해 가라. 그러면 그림자는 뒤로 갈 것이다.

1841년 2월 8일의 일기

대기의 상태는 계속 변한다. 그래서 예리한 관찰자에게 사물은 정확하게 같은 모습으로 두 번 보이지 않는다. 아침에 물구나무를 서서 지평선에 걸쳐 있는 숲을 보면, 오후에 볼 때처럼 그렇게 아스라한 천상의 장소로 보이지는 않는다. 조망은 실제 지각 능력과 변덕스러운 상상력에 영향을 받아 끊임없이 달라지는 신기루이다. 자기 집 마당 끝까지 걸어가 물구나무서서 보면 자기 오두막도 알아보지 못한다. 낯선 것은 우리 안에 있고, 자연에도 있다.

1852년 2월 9일의 일기

한 여성이 나에게 집 안에 매트를 깔라고 권했다. 그러나 집 안에 깔아 놓을 자리가 없을 뿐더러, 집 안에 있든 밖에 있든 깔개를 털어 낼 시간도 없어서 거절했다. 차라리 현관 앞 잔디 위에서 발을 닦는 게 더 낫다. 잘못될 일을 시작하느니 애초에 피하는 게 좋다.

생활의 경제, 《월든(1854)》

해마다 날씨가 점점 따뜻해지고 있다는 걸 알 수 있는 좋은 증거가 있다. 예전보다 눈이 적게 내리기 때문에 설피(눈 신발)가 이제는 쓸모없어져서 집집마다 다락에서 굴러다니고 있다는 사실이다. 이 도시는 지난 75년 동안 인구가 늘어나지 않았다. 따라서 도시의 경계 안에서 이동하는 것도 그다지 쉬운 일이 아니다. 요즘에는 아무도 설피를 신지 않지만, 노인들이 젊었을 때는 신고 다녔다.

1852년 2월 11일의 일기

태양이 떠오르고 한 시간쯤 지나면 연못이 쾅쾅 울리기 시작한다. 언덕 위로 솟아오른 태양이 연못을 비스듬히 비출 무렵이다. 연못은 기지개를 켜고 하품을 했다. 막 잠에서 깨어난 사람이 점점 소란스럽게 움직이는 모양새 같다. 그렇게 서너 시간쯤 이어진다. 저녁 연못은 그런 천둥소리를 내지 않는다. 언제 소리가 날지 확실히 예측할 수 없다. 예측할 수 있다고 해도 소리가 날 때와 나지 않을 때 날씨가 어떻게 다른지 감지할 수는 없다. 차갑고 두툼하게 얼어붙은 큰 덩어리가 그토록 예민하리라고 누가 상상이나 했을까? 봄이 오면 꽃봉오리가 돋는 것처럼 연못은 천둥소리를 울리며 순응한다. 지구는 온통 살아 있고 예민한 돌기로 뒤덮여 있다. 아무리 넓은 연못도 온도계 속 수은 방울처럼 대기의 변화에 민감하다(원래는 1854년 2월 12일의 일기다).

봄, 《월든(1854)》

자주 트집 잡는 사람들이 있다는 걸 알기에 내가 이따금 외출해서 식사한다는 것을 고백하는 게 낫겠다. 언제나 그랬고, 앞으로도 외식할 기회가 있을 것이다. 그러나 외식은 내 가정 살림에 손해를 끼친다.

생활의 경제, 《월든(1854)》

사랑에 대한 처방은 오직 더 많이 사랑하는 것
밖에 없다.

1839년 7월 25일의 일기

이제부터는 몹시 추운 밤 잠에서 깨어날 때면 나는 퀘벡Quebec의 수은주가 온통 얼어붙은 날, 요새의 성벽을 지키던 프랑스군 보초병들을 생각할 것이다. 불안해하면서도 신속하게 교대 임무를 수행했을 그들을. 영국군의 울프 장군이 아브라함 고원Heights of Abraham을 오르고 있을까, 인내심 강한 아놀드가 황야에서 막 벗어났을까 초조해하면서. 어쩌면 바로 그 순간, 말레이시아인이나 일본인이 북서 해안을 우회하여 나타나 요새를 공격할 수도 있다! 성벽은 얼마나 골치 아픈 것인지! 성벽이 나를 방어하는 것이지 내가 성벽을 방어하는 건 아니라고 생각했건만!

《캐나다의 북군 병사(1866)》

* 이 글에 나오는 배경은 1759년 9월 13일 캐나다 퀘벡 요새 밖에 있는 아브라함 평원에서 영국 육해군과 프랑스 육군의 사이에서 벌어진 아브라함 평원 전투이다.

모든 경험은 많은 부분이 우리의 내면으로 들어와 남는다. 계속 우리와 함께한다. 그러다가 건강할 때나 아플 때의 어느 날, 문득 기억의 수면으로 떠오른다. 몸과 영혼은 아무것도 잊지 않는다. 나뭇가지는 자신을 흔들던 바람과 스쳐 지나간 돌멩이를 언제까지나 기억한다. 긴 세월을 살아온 나무와 모래에게 물어보라.

1841년 2월 8일의 일기

입문서이든 성경이든, 조악한 책이든 훌륭한 책이든, 온 세상을 알파벳으로 덮는 사람들은 우리가 읽고 곰곰이 생각해 보기를 의도한다. 절벽에서 떨어져 나온 바위들은 이끼로 덮이기 마련이다. 어떤 표면도 민낯으로 오래 드러나 있지는 못한다. 인쇄! 그것은 종이의 매끄러운 표면에 이끼가 달라붙는 것이다. 종이는 직조 된 리넨이며 그 위에 인쇄되는 것은 셔츠의 노래이다. 누가 우리를 현미경과 망원경 사이의 세상에 자리 잡게 했을까?

1854년 2월 19일의 일기

내가 어떻게 생각하는지 알고자 한다면, 당신 스스로 내 자리에 서려고 노력해야만 한다. 만약 내가 당신처럼 말하기를 바란다면, 그건 또 다른 일이다.

1855년 2월 19일의 일기

천지가 눈이다. 벽과 울타리 주위에 비스듬히 쌓여 있다. 그 아래 땅은 얼어붙었다. 사람들은 땅다람쥐처럼 굴을 파고 여름에 준비한 양식을 저장한다. 겨울을 예감한 많은 짐승이 겁을 먹고 가을에 집을 옮겼다. 그러나 사람은 이주하지 않고 남아서 얼어서 단단한 눈 위와 얼어붙은 강과 호수 위를 걷는다. 생명은 가장 혹독한 조건에 이르렀다. 살을 에는 듯한 바람 속에서 갈 수 있는 곳은 여름에 준비해 둔 대피처뿐이다. 이 계절이 되면 들판을 가로질러 곧장 그곳으로 간다. 강을 건널 때에야 어렵사리 나는 알 수 있다. 내 심장도 마찬가지로 얼어붙었다는 것을.

1852년 2월 19일의 일기

새와 새의 노래를 감상하는 귀는 어떤 관계일까? 분명히 서로 가까이 이어져 있으며, 서로를 위해 존재한다. 자연스러운 일이다. 예를 들어 새나 벌레가 내는 어떤 소리 때문에 연못가의 돌이 부분적으로 부서진 것을 발견하게 되면, 하나의 존재로 또 다른 존재를 설명하지 않고서는 완전한 설명이 이루어질 수 없음을 깨닫게 될 것이다. 내가 바로 연못가의 바위다.

1857년 2월 20일의 일기

02
21

태양 볕이 내리쬐는 아늑한 장소 여기저기에서 땅이 마르고 온기가 피어오르기 시작한다. 발 아래가 이렇게 포슬포슬할 때 새로운 감각을 얻는다. 혹은 예전에는 믿을 수 없던 것을 알게 된다. 자연 속에서 깨어나기 시작한 새로운 생명이 있다는 것, 그리고 자연의 넓은 공간이 말끔히 비워져 새로운 거주자들을 위한 준비를 하고 있다는 것이다. 봄이 다시 다가오고 있다는 속삭임이 온 숲으로 퍼져 나간다. 숲쥐는 굴 입구에서 귀 기울이고 있고, 병아리들은 소식을 전하고 있다.

1855년 2월 21일의 일기

내가 허세를 부리는 것처럼 보인다면, 나 자신보다는 나의 인격을 자랑하려고 하기 때문이라고 변명하고 싶다. 나는 단점이 있고 일관성이 없을 때도 있는 사람이지만 그래도 내 말의 진실성은 흔들리지 않는다는 의미다. 겸손한 척하면서 번드레한 말로 사악함을 변호하지는 않을 것이다. 나는 진실을 드러내는 유익한 말을 하려고 노력할 것이다.

생활의 경제, 《월든(1854)》

내가 모든 사람 혹은 한 사람의 모든 부분을 돌
보지는 않는 것처럼 지구의 모든 땅을 경작하
지는 않을 것이다. 일부분은 경작지가 되겠지
만, 더 많은 부분이 목초지와 숲이 될 것이다. 그
것은 지금 당장 유용한 일이기도 하고 자라난
식물들이 해마다 썩으며 부식토를 만들어 먼
미래를 준비하는 일이기도 하다.

《걷기(1862)》

한 차례 온화한 봄비가 내리면 풀의 녹색 빛이 짙어진다. 마찬가지로 긍정적 전망은 더 나은 생각이 몰려들도록 주위를 밝게 만든다.

봄,《월든(1854)》

동쪽이든 서쪽이든, 포도 덩굴이 감아 올라오고 느릅나무가 한껏 그림자를 드리우는 곳 어디에서도, 사람은 자연에 어울려 살지 못한다. 반드시 손을 뻗어 그것을 훼손한다. 그래서 세상에 남아 있는 아름다움은 사람에게는 베일로 가려져 있다. 사람은 대지 위에서 영적이어야 하면서 동시에 자연이 되어야 한다. 누가 상상할 수 있을까, 하늘이 사람의 머리 위에 어떤 지붕을 씌울지, 어떤 계절이 깃들지, 어떤 노동이 삶을 더 고귀하게 만들지!

《콩코드강과 메리맥강에서 보낸 일주일(1849)》

02
26

옥수수는 밤에 자란다.

02
27
이제 가장 많은 물을 볼 수 있는 곳, 자연에서 가장 활기찬 곳으로 걸어가야 한다. 물은 지구의 혈액이고, 우리가 보는 것은 새로운 생명이 펄떡이는 푸른 동맥이다.

1860년 2월 27일의 일기

잘은 모르겠지만, 일주일에 신문 하나를 읽는
것은 무리인 것 같다. 최근에 그렇게 해 봤는데,
내가 태어난 동네에 오랫동안 살지 않은 것처
럼 느껴졌다.

《원칙 없는 삶(1863)》

지식을 향한 나의 욕망은 이따금 멈출 때가 있지만, 내 발이 모르는 저 위 공중에 내 머리를 두고 싶은 욕망은 영원하다. 우리가 얻을 수 있는 최상의 것은 지식이 아니라 지성과 연민이다. 불분명한 소설이나, 그 부족함이 갑자기 드러나는 예전의 지식을 넘어서는 최상의 지식이 어떤 경지에 이를지 나는 모른다. 우리가 철학에서 꿈꿔 온 것보다 하늘과 땅에서 더 많은 것을 발견할 것이다. 그러한 발견은 태양이 환히 비치면서 안개가 걷히는 것과 같다(원래는 1851년 2월 27일의 일기다).

《걷기(1862)》

3월

March

오늘 오후에 외투를 벗었다. 따뜻한 봄날이다. 대초원에 가 봐야 한다. 파랑새들이 하늘을 뒤덮고 있다. 이제 땅은 거의 다 녹았다. 마을 사람들은 밖으로 나와 햇볕을 쬐고, 들에서 일하는 이들은 모두 즐거워한다. 나는 슬리피할로우를 거쳐 그레이트필즈로 향한다. 파랑새들의 지저귐과 더불어 주위에서 무슨 소리가 들리는지 몸을 구부려 철로에 귀를 댄다. 내 삶은 무한의 일부다. 나는 삶에서 새로운 일이 일어나기를 바란다. 이번 여름을 잘 시작하고 싶다. 여름과 나에게 가치 있는 일을 하고 싶다. 한 번도 해 본 적이 없는 일에 도전할 수 있기를! 한 번도 해 본 적이 없는 일을 견딜 수 있기를! 불과 물로 거듭나듯, 나 자신을 새로운 영혼과 몸으로 정화하기를! 나의 노래가 여름에 못 미치지 않기를!

1852년 3월 15일의 일기

우리를 둘러싼 풍경의 아름다움을 알아보는 이가 얼마나 드문지! 우리는 그리스인들이 세상을 코스모스, 아름다움 혹은 질서라고 불렀던 사실에 귀기울여야 한다. 그러나 우리는 그들이 왜 그렇게 불렀는지 분명하게 이해하지 못한다. 기껏해야 호기심을 불러일으키는 용어로만 생각할 뿐이다.

《걷기(1862)》

파랑새는 마치 폭풍의 끝자락에서 눈보라 사이로 잠깐 태양이 비칠 때 나타나는 청명한 푸른 하늘 같다. 나무꾼 혹은 통찰력 있는 산책자의 눈에 그렇게 보인다. 오래전에 우리가 망각한 가볍고 투명한 천상과 천국을 떠올리게 한다. 계곡 주위로 눈이 녹아내리듯, 파랑새의 상냥한 지저귐이 귓속으로 녹아든다. 파랑새가 날아와 지저귀면 얼음이 갈라지고 강과 연못, 얼어붙은 땅이 풀리기 시작한다. 모래가 비탈면을 조금씩 흘러내리는 것처럼, 서리가 내려 땅 위에 나뭇잎 모양이 나타나는 것처럼, 파랑새가 노래하는 나지막한 가락은 창공의 길을 따라 실개천처럼 흐른다.

1859년 3월 2일의 일기

03
03

사소한 일에 정신이 팔리면 그 습관에 영원히
사로잡히게 된다고 나는 믿는다. 모든 생각이
사소함으로 물들게 된다. 우리의 지성에 자갈
이 깔리는 것과 같다. 다시 말하면, 바퀴가 굴러
갈 수 있는 토대가 무너지고 만다는 의미다.

《원칙 없는 삶(1863)》

곤충학은 존재의 한계를 새로운 방향으로 확장시킨다. 그렇게 나는 더 넓어진 공간과 자유를 느끼며 자연 속을 걷는다. 우주는 거칠게 대충 조립해 놓은 것이 아니다. 세밀한 부분까지도 완벽하다. 아무리 세밀하게 살펴본다고 해도 자연에서 결함을 찾을 수는 없을 것이다. 자연은 인간의 눈높이를 가장 작은 나뭇잎에 맞춰 놓고, 곤충의 눈으로 평원을 볼 수 있게 한다. 자연은 작은 틈도 놓치지 않는다. 모든 곳이 생명으로 가득하다.

《매사추세츠 자연의 역사(1842)》

며칠 전 윌리엄 채닝William E. Channing이 조지 미노트George P. Minott와 그의 건강에 관해 이야기를 나누다 이런 말을 했다. "차라리 지금 죽는 게 낫겠다 싶으시지요." 그러자 미노트가 "아닐세" 하고 답했다. "이번 겨울을 힘겹게 버텨냈거든. 좀 더 살아서 파랑새 노랫소리를 다시 한 번 듣고 싶다네!"

1854년 3월 5일의 일기

이 시대에는 과학의 진보에 대해 많이들 이야기한다. 과학의 유용한 결과들은 축적되고 있다. 그러나 지식은, 엄밀히 말하자면 후세를 위한 지식은 전혀 축적되지 않고 있다. 지식은 그에 상응하는 경험으로 얻는 것이기 때문이다. 그저 듣기만 한 것을 우리가 어떻게 알 수 있을까? 개개인은 자신이 경험한 것을 가지고 다른 사람의 경험을 해석할 수 있을 뿐이다.

《콩코드강과 메리맥강에서 보낸 일주일(1849)》

03
07

문학에서는 야성적인 것만이 우리를 매혹한다. 지루함이란 길들인 것의 다른 이름이다. 〈햄릿〉, 〈일리아드〉, 경전과 신화, 학교에서 배우지 않는 것에 담긴 문명화되지 않은 자유롭고 야성적인 사유. 그것이 우리를 즐겁게 한다. 야생의 오리가 길들인 것보다 더 재빠르고 아름다운 것과 마찬가지다. 야생 청둥오리와 같은 사유가 이슬을 맞으며 울타리 위로 날아간다. 정말로 좋은 책은 서양의 초원이나 동양의 정글에서 발견된 야생화처럼 자연스럽다. 그 이유를 알 수 없으나 빼어나고 완벽하다.

《걷기(1862)》

봄이 되어 새나 곤충을 처음 볼 때면 언제나 놀란다. 때 이르지만 봄이 왔다는 확실한 증거이다. 말 그대로 한 해의 방향이 바뀐다. 울새나 파랑새가 지저귀는 소리가 들릴 무렵, 물벌레들이 개울에서 빙글빙글 도는 것도 처음으로 눈에 띈다. 당신은 그들이 다시 왔다고 생각할 테지만 자연은 멀어졌던 적이 없다.

1855년 3월 10일의 일기

밤이 되자 따뜻한 봄비가 내린다. 하늘은 구름으로 뒤덮였으나 공기는 나를 설레게 한다. 어제는 종일 가슴이 꽉 조이는 듯 답답하기만 했다. 오늘은 모두 풀렸다. 날씨가 어제와는 다르다. 달라진 공기 속에서 언덕 가장자리에 눈 녹은 덤불이 보인다. 마치 술 취한 사람의 눈으로 보는 것처럼 흐릿하다. 땅은 아직 고르지도 단단하지도 않아서 이상적인 상태는 아니다. 연못 위에 온통 물웅덩이들이 생겼다.

1852년 3월 9일의 일기

숲속에서 망사 모양의 털사철난 잎사귀를 보았
다. 매우 싱싱한 초록빛이다. 연녹색 다른 식물
들도 있었다. 이제 막 돋아난 덕분인지 눈에 덮
이거나 추위에 시달린 적이 없는 것처럼 보인다.
쌓인 눈 아래에서 여름이 주먹을 꼭 쥐고 있다.

1852년 3월 10일의 일기

봄 들어 첫 참새다! 여느 때보다 더 신선하게 시작되는 한 해다! 군데군데 맨땅이 드러난 물기 머금은 들판 위로 파랑새, 노래참새, 개똥지빠귀의 희미한 은빛 지저귐이 울려 퍼진다. 겨울의 마지막 조각이 반짝이며 흩어지는 것 같다! 이런 시절에 역사나 연대기, 전통이나 기록되어 있는 계시라는 게 다 무슨 소용이란 말인가?

봄, 《월든(1854)》

03
12

어떤 사람들은 절제된 삶을 살려고 애쓴다. 평생을 자신의 의지에 따라 살려고 노력한다. 마치 머리가 잘린 뒤에도 의식이 남아 있으면 신호를 보내겠다고 말한 사람처럼 말이다. 그러나 그런 신호는 없었다. 가능한 한 자신의 삶이 자연스레 흘러가는 통로 가까이에 머물러라.

1853년 3월 12일의 일기

찌르레기 작은 무리가 날아가는 것을 본다. 몇
몇은 솟구쳐 오르고 몇몇은 하강하지만, 결국
모두 앞으로 날아간다. 새들이 무리 지어 앉은
것을 본다. 어떤 새는 조용히 있고 어떤 새는 지
저귄다. 그렇게 쉬지 않고 번갈아 지저귄다. 서
로 달라도 상관없이 춤추듯 어우러지는 움직임
이 아름다워서 눈길을 끈다. 새 한 마리가 한 가
닥 실처럼, 작은 물줄기처럼 무리 속에서 날아
오른다. 다른 새가 또! 다른 새가 또! 천국과 지
옥으로! 또다시 새 한 마리가 튕겨 나가듯 날아
오른다. 많은 물질이 그러하듯, 등 푸른 생선 같
은 하늘에서도 파동이 일어난다.

1859년 3월 13일의 일기

생계를 꾸리는 데 인생의 상당 부분을 소모하는 것보다 더 치명적인 실수는 없다. 모든 위대한 일은 자립할 수 있다. 예를 들어 시인이라면 자신의 시로 몸을 먹여 살려야 한다. 제재소의 증기 기관이 제재소에서 나오는 나무 부스러기를 연료로 삼아 돌아가듯이. 우리는 사랑하는 일을 생계로 삼아야 한다(원래는 1853년 3월 13일의 일기다).

《원칙 없는 삶(1863)》

신은 이 순간 최상에 이르러 있다. 아무리 시간이 흐른다고 해도 신성이 더 늘어나지는 않는다. 그런데 인간은 주위의 현실이 개입하고 안으로 배어들어야 무엇이 숭고하고 고귀한지 깨닫는다. 우주는 언제나 그리고 순순히 우리의 생각에 응답한다. 빠르게 여행하든 서서히 여행하든 길을 닦아 놓는다. 그러니 그 생각 속에 우리 삶을 놓아두자. 어떤 시인이나 예술가가 아직 빼어나고 고귀한 생각을 해내지 못했더라도 언젠가 후대에는 성취할 수 있을 것이다.

내가 살았던 곳, 내 삶의 목적,《월든(1854)》

사냥꾼은 경외심을 가지고 사냥감을 본다. 결국 그것으로 치유를 받는다.

1845년 3월 11일 이후의 일기*

03
17

해마다 우리는 새들이 저마다 다른 소리로 노래한다는 걸 잊고 지냈음을 깨닫고 놀란다. 다시 새들의 소리를 들으면 마치 꿈꾸듯 기억이 되살아나 예전의 상태로 돌아간다.

1858년 3월 18일의 일기

이제 태양이 지고 있다. 따스하고 환한 빛이 온 세상을 비춘다. 가을날 외투로 몸을 감싼 여행 자가 겨울을 나기 위해 귀향하는 밤길 같은 여 운을 남기는 저녁노을이다. 다가올 여름을 꿈 꾸며 저녁에 집으로 돌아가는 산책자에게는 한 해의 시작을 알리는 아침노을이기도 하다.

오늘 나는 처음으로 흙냄새를 맡았다.

1853년 3월 18일의 일기

내 발소리가 방해될까 봐 가만히 걸음을 멈춘다. 어디에서 낯선 새소리가 들리지 않는지 귀를 기울여 본다. 이 계절에 오늘 같은 고요한 오후라면, 아주 먼 거리에서도 새소리를 분명히 들을 수 있을 텐데 아무 소리도 들리지 않는다. 잘 들어 보자! 아까 어떤 새소리가 들린 게 아닌가? 내가 콧김을 뿜어내는 소리였을 수도 있다. 아니, 다시 들린다. 울새다. 겨울은 이미 멀리 가 버렸다.

1853년 3월 18일의 일기

월든 호수가 빠르게 녹고 있다. 여느 때보다 단단하고 불투명한 얼음 위로 하늬바람이 분다. 물이 흥건해서 울퉁불퉁해진 호수는 나무쪽을 붙인 마루나 복잡한 무늬가 새겨진 양탄자처럼 보인다. 호수는 아직 얼어 있다. 지금은 하늬바람이 헛되이 부는 듯해도 마침내 살아 움직이는 물결 위를 미끄러지듯 불어갈 것이다. 그때가 오면 호수의 민낯 위로 기쁨과 젊음, 봄의 상징인 무수한 반짝임이 솟아오를 것이다. 물속 물고기들과 호숫가 모래들은 류시스커스의 비늘처럼 반짝이며 기뻐할 것이다. 봄은 펄떡이는 한 마리 물고기 같다. 삶과 죽음이 다른 만큼이나 겨울과 봄은 다르다(류시스커스는 흔한 물고기다. 황어라고도 불린다).

1853년 3월 20일의 일기

따스하고 기분 좋은 날이다. 훈훈한 하늬바람 속에 향기가 섞여 있는 듯하다. 나는 담벼락 옆에 앉아서 다시 영감을 얻을 수 있을까 생각해 본다. 낯설어도 기억에 남을 만한 영향을 받으면 우리는 다시 유연해져서 무엇이든 될 수 있다. 우리 안에 내재한 천재성이 우리를 조금씩 이끌어 갈 것이다. 녹아서 자연스럽게 부드러워진 흙처럼. 우리 내면의 겨울이 부서진다. 나에게서 서리가 빠져나가고, 나는 활짝 열린 도로가 된다. 쌓여 있던 얼음과 눈이 녹아내리고, 예상치 않게 열린 통로로 밀물처럼 사유가 쏟아진다. 나는 힘이 나서 다시 한번 지구라는 산을 오르기 시작한다. 상징적인 걸음을 내딛는 것이다. 물론 내내 걷고 있었어도 나는 아직 지구의 정상에는 이르지 못했다.

1853년 3월 21일의 일기

03
22 나의 맞수가 실패하면 나도 성공하지 못한다.

인류의 성공은 그렇게 이루어진다.

1842년 3월 22일의 일기

거위들이 나는 것, 뿌리 순을 옮겨 심는 것 등 월 든에서 일어나는 일들은 아주 중요하다. 그러나 쿠거, 검은표범, 스라소니, 오소리, 늑대, 곰, 큰사슴, 사슴, 비버, 칠면조와 같이 고귀한 동물들이 이곳에서 멸종했다는 걸 떠올리면, 길들여진 세상에 살고 있다는 느낌이 든다. 그러니까 거세된 시골에서 사는 것이다. 예전에는 온갖 다양한 높낮이의 소리들, 이동과 활동이 있었다. 짐승들이 털과 깃을 갈기 시작하면 봄이 오는 것을 알 수 있었고, 계절을 나타내는 특징들이 있었다. 1년이라고 불리는 특별하고도 자연적인 순환 현상을 떠올리면서 이제는 안타깝게도 나의 자연 속 삶이 완전하지 않다는 사실을 새기게 된다. 여러 악기의 자리가 비어 있는 채로 연주되는 [하나의] 협주곡을 듣고 있다.

1856년 3월 23일의 일기

마을에서 개구리가 처음으로 개골개골 우는 소리가 들리는가? 아! 개구리는 날씨를 얼마나 잘 아는지! 개구리가 있으면 날씨를 추측할 필요가 없다. 날씨란 단지 지구의 기질 아닌가? 개구리는 온전히 지구의 존재이다. 그 속에 살고, 그 일부이기도 하다. 개구리는 지구의 피부인 듯 민감하다. 땅이 녹으면 개구리의 삶도 느긋해진다. 3월의 바람에 건조해진 나뭇잎들이 바스락거리는 소리에 맞춰 개구리도 울음소리의 높낮이와 곡조를 바꾼다. 개구리 소리는 날씨의 소리이다. 온도계 속 수은이 움직이듯 오르락내리락한다.

1859년 3월 24일의 일기

썰매 여행, 썰매로 짐 나르기, 썰매 타기 같은 것들 모두 보기 드물어졌다. 사람과 물건을 싣고 나를 때 이제는 바퀴 달린 탈것을 사용한다. 끄는 힘이 더 많이 필요해진다. 좁은 틈에서 겨울을 나느라 먼지투성이가 된 파리들처럼 커다란 짐수레와 손수레가 언덕 위로 모습을 드러낸다. 바퀴가 굴러가는 소리도 들려온다. 지붕이 높은 마차와 사륜마차가 말벌이나 각다귀, 꿀벌처럼 웅웅거리며 다가온다.

1860년 3월 25일의 일기

아무 도구도 빌리지 않고 일을 시작하기는 어렵다. 그러나 당신이 벌이는 일에 사람들이 관심을 기울이게 하면 넉넉하게 시작할 수 있다. 도끼 주인이 도끼를 내려놓으면서, 눈에 넣어도 아프지 않을 정도로 도끼를 아낀다고 말했다. 하지만 나는 도끼를 전보다 더 날카롭게 벼려서 돌려주었다.

생활의 경제, 《월든(1854)》

시간은 언젠가 유명한 화가와 조각가들의 작품을 사라지게 할 것이다. 인디언의 화살촉처럼 날아가는 시간이 그래도 예술가들의 노고 앞에서 잠시 머뭇거리면, 영원이 도움을 주러 올 것이다. 작품은 화석이 된 뼈는 아니지만, 사유의 화석일 수는 있다. 나는 작품 앞에 설 때마다 그것을 만들어 낸 정신을 떠올린다. 먼 옛날 사람들의 정신이 찍힌 발자국을 보는 듯하다.

1859년 3월 28일의 일기

봄의 호수를 보고 있노라면, 영원히 변하지 않는 것은 지니지 못하는 아름다움을 느낀다. 이곳에서는 모든 것이 끊임없이 빠르게 변한다. 그래서 자연이 미세한 구석과 겉모습에 이르기까지 온통 살아 있음을 보여준다. 오늘 우리는 배를 타고 출렁이는 검푸른 물결을 항해하고 거울처럼 매끄러운 수면 위에서 노를 저었다. 8월이면 풀 베는 사람들이 술병을 숨겨 두는 깊은 물을 지나 단풍나무가 줄지어 서 있는 늪의 가장자리, 늘어진 오리나무 꽃술과 단풍나무의 흰 꽃이 일렁이는 물결과 입 맞추는 곳도 보았다. 그러나 이러한 아름다움은 순식간에 사라진다. 자연은 보여줄 게 너무 많아서 봄의 호수에만 시간을 길게 할애할 수 없다. 며칠 안에 봄 호수는 모두 바다로 흘러가 버릴 것이다.

1859년 3월 28일의 일기

완전히 길을 잃거나 한 자리에서 빙빙 도는 경험을 하고 난 뒤에야 우리는 비로소 자연의 광활함과 기이함을 깨닫는다. 세상 속에서 눈을 감고 빙빙 돌다가 길을 잃는 경험이 한 번쯤은 필요한 까닭이다. 잠에서 깨어나든 어떤 추상적 개념에서 깨어나든, 그럴 때마다 다시 나침반이 가리키는 방향을 확인해야 한다. 길을 잃어 세상의 어느 자리에 서 있는지 모르게 되고 나서야 사람은 자신을 깨닫게 된다. 그리고 자기가 서 있는 장소와 자기 자신이 무한한 관계를 맺고 있음을 알아차리기 시작한다(원래는 1853년 3월 29일의 일기다).

마을, 《월든(1854)》

03
30

태양이 막 지고 난 뒤, 기러기 떼가 북동쪽을 향해 써레 모양으로 흩어지는 광경을 본다. 나폴레옹의 전술로 겨울의 힘을 분산시키고 있다.

1858년 3월 31일의 일기

모든 짐승의 경험과 기쁨을 느끼기 위해서 나는 그들과 고통을 나누고 싶다. 잠시 여우 털빛으로 변한 참새들과 노래참새에게서 올해는 아무 전갈도 없었던가? 신은 이 세상을 장난삼아 만들거나 무심히 만들지 않았다. 이동하는 참새들 모두 내 삶과 관련된 소식을 지니고 있다. 나는 새와 짐승을 사랑한다. 정말로 신화 같은 존재이기 때문이다. 나는 참새가 우주의 설계에 딱 맞게 짹짹거리고. 휙 날아오르고, 노래하는 것을 본다. 새가 날아가는 경로에 관심을 기울이지 않았던 나를 책망한다. 새들이 나보다 못한 존재라고 생각해서였다.

1852년 3월 31일의 일기

4월

April

폭풍이 몰아치는 겨울 날씨에서 고요하고 온화한 날씨로, 어둡고 무기력한 시간에서 밝고 탄력적인 시간으로 변해 간다. 변화는 모든 사물에게 닥치는 중대한 위기다. 그러나 위기는 일시적이다. 이제 곧 저녁인데 갑자기 집 안에 빛이 가득하다. 밖에는 여전히 겨울 구름이 드리워져 있고, 진눈깨비가 내려 처마에서 물방울이 뚝뚝 떨어진다. 나는 창밖을 내다보고 탄성을 질렀다. 어제만 해도 차가운 회색 얼음이었는데, 오늘은 투명해진 호수가 여름 저녁을 한껏 꿈꾸며 고요하게 펼쳐져 있다. 호수 위로는 아무것도 보이지 않는다. 그러나 마치 어느 먼 지평선에 대해 잘 아는 것처럼, 호수는 가슴속에 여름 저녁 하늘을 품고 있다.

봄, 《월든(1854)》

04
01

4월 1일에 비가 와서 얼음이 녹았다. 이른 아침에 거위가 꽥꽥거리는 소리를 들었다. 짙은 안개 탓에 길을 잃었는지 호수 위를 헤매고 있었다. 그 거위 울음소리가 안개의 영혼이 내는 소리 같았다.

생활의 경제,《월든(1854)》

개울 위쪽 난간에 앉아 있다가 어떤 소리를 들었다. 지난봄 비 오는 날에 들었던 울새의 노랫소리가 떠올랐다. 바로 그 소리는 아닌데, 그것을 떠올리게 하는 것. 실제를 대신하는 이상적인 무엇인 걸까?

1854년 4월 2일의 일기

04
03

우주를 보는 관점은 사람마다 얼마나 새롭고 독창적인지! 세계는 매우 오래되었고, 세계에 대해 쓴 책도 많지만, 각각의 사물은 우리의 경험 속에서 완전하게 설명되지는 않는다. 뿐만 아니라 각 분야의 사상도 완전하게 탐구되지 않은 채로 있다. 전 세계가 또 하나의 아메리카이며, 신대륙이다.

1852년 4월 2일의 일기

04
04 우리는 맑은 날씨를 기대하며 바람이 불어오는
쪽을 바라본다.

1840년 4월 4일의 일기

비가 내리고, 또 내린다. 오늘 이끼는 바다를 기억해 낸다. 보통 때라면 발밑에서 바삭거릴 정도로 건조한 꽃이끼이지만, 오늘은 물기를 잔뜩 머금어 싱싱하다. 바위들이 표면에 새겨진 이야기를 들려준다. 그 위에 기록된 글자들이 드러난다. 나는 걸음을 멈추고 바위의 지형을 공부한다.

1853년 4월 4일의 일기

04
06
고요한 아침에 물가에서 귀를 기울이면 허공이라는 거대한 저택을 탐험할 수 있다. 놀라운 일이다.

1856년 4월 6일의 일기

04
07

올해 자연을 잘 관찰하면, 다음 해에는 비교할 자료를 가지고 다시 자연을 관찰할 수 있다. 계절과 삶 자체가 계속 이어진다.

1853년 4월 7일의 일기

자연과 인간의 삶은 우리의 수많은 기질만큼이나 다양하다. 그러니 다른 사람의 가능성을 누가 짐작해 말할 수 있는가? 우리가 잠시 서로의 눈을 들여다보는 것보다 더 큰 기적이 일어날 수 있을까?

생활의 경제, 《월든(1854)》

몇몇 문화 강좌에서 투표를 했는데, 그 결과로 종교 과목을 빼게 되었다고 나에게 알려 왔다. 그들이 말하는 종교가 무엇인지, 내가 언제 그런 종교와 가깝거나 먼 적이 있었는지 잘 모르겠다. 어쨌든 나는 강단으로 걸어 들어갔고, 최선을 다해 내가 경험한 종교에 대해 말했다. 청중들은 내가 하려는 말을 전혀 의심하지 않고 경청했다. 무슨 말인지 몰랐으니 해롭지도 않았을 것이다(문화 강좌는 시에서 지원하는 대중 강좌를 말한다).

《원칙 없는 삶(1863)》

아담과 이브가 에덴에서 쫓겨난 봄날 아침에도 이미 월든 호수는 있었을 것이다. 물안개와 남풍을 함께 데려온 봄비가 물 위로 흩뿌려진다. 비 소식을 듣지 못한 오리와 거위 떼가 호수를 뒤덮고 있다. 새들은 맑은 호수만으로도 만족했다.

호수, 《월든(1854)》

04
11 주인을 둘이나 섬길 수는 없다. 하루치의 풍요로움을 얻으려면 하루 이상의 헌신이 필요하다.

《원칙 없는 삶(1863)》

내가 관찰한 바는 이렇다. 계속 집중하거나 힘겹게 일하고 난 뒤, 기운이 빠져서 널브러져 쉬고 있으면 뮤즈가 나를 찾아온다. 그래서 아름다움을 보거나 듣는다. 고된 노동이 드리운 그늘 덕분에 빛을 알아보게 되는 것이다.

1854년 4월 12일의 일기

밤에 몰아치던 눈보라가 여전히 세차다. 아침 7시에 나가 보니 눈이 10에서 15센티미터 정도 쌓여 있었다. 새들은 모두 흰머리멧새처럼 되었다. 이런 날에는 집 안에서 읽고 쓰면서 지내기 좋다. 폭풍에 갇히면 생각의 밀도가 높아진다. 화창한 날씨일 때는 시계의 똑딱 소리가 들리지 않는다. 그러나 이런 날씨에는 삶이 풍부해진다. 윙윙거리는 바람 소리를 듣고 있는 게 좋다.

1852년 4월 13일의 일기

문명이 정말로 인간의 조건을 나아지게 했다고 주장하려면-물론 나는 그렇다고 생각한다. 현명한 사람들만이 그 이점을 개선시키지만 말이다-더 큰 비용을 들이지 않아도 주거가 향상되었음을 보여주어야 한다. 비용이란 지금 당장이든 먼 훗날이든 그것을 얻기 위해 맞바꿔야 할 생명의 양이다.

생활의 경제,《월든(1854)》

04
15

봄비로 불어난 물속에서 서커라는 물고기가 튀어 오르는 모습을 본다. 포기를 모르는 갈매기들에게 비늘이 반짝거리는 부푼 가슴이 미끼로 던져진다! 강렬하고 힘찬 광경이다. 세상에 종말이 다가오고 있다고? 잉어들에게 물어보라. 비록 좌절할 지라도 계속 알을 낳는 한, 피가 차가운 이 물고기에게 칭송과 영광이 있으리라! 생각이 표현되는 한, 마찰로 불꽃을 일으킬 수 있는 한, 하프의 현이 진동하여 연주하는 한, 우리에게 구세주는 부족하지 않다.

1852년 4월 15일의 일기

우리 안에 깃든 생명은 흐르는 강물 같은 것이다. 올해는 어느 때보다 강물의 수위가 높아져서 건조한 고지대까지 물에 잠겼다. 다사다난한 해가 될지도 모르겠다. 우리 동네 사향쥐들이 모두 떠내려갈 지경이다.

맺는말,《월든(1854)》

갈매기들은 해마다 이곳으로 와서 물고기를 잡아먹는다. 마치 사냥 나온 왕족들 같다. 그 모습을 보면 우리 마을과 호수는 큰 바다에서 멀리 떨어진, 조수가 시작되는 작은 만보다 더 위에 있음을 알 수 있다. 우리 마을 땅이 물에 잠길 때쯤이면, 갈매기들이 봄철의 홍수를 따라 올라와 이곳에서 맴돈다. 춥고 바람이 많이 부는 3월, 갈매기들이 물에 잠긴 목초지 위 높은 하늘에서 날개를 퍼덕이는 것을 보고 있노라면, 마치 해안가에서 고등어잡이 배들을 보는 것 같다. 항해하는 범선이 우리 동네에 가장 근접할 때의 풍경이다. 물론 이곳은 해안과 매우 멀리 떨어져 있어서, 바다갈매기처럼 연안에 사는 새들의 영역이 아닌데도 말이다.

1852년 4월 15일의 일기

왜 우리의 삶은 이러한 광경이나 소리와 함께 해야 하는 것일까? 나는 왜 찌르레기들이 지저귀는 소리를 들어야 하고, 해마다 스컹크의 냄새를 맡아야 하나? 나와 그들 사이의 신비한 관계를 기꺼이 탐구하려 한다. 나는 적어도 무엇이 이런 것들을 불가피하게 하면서 우리 삶의 도표를 만드는 것인지 알고자 한다. 그리하여 삶의 해안에서 조류는 어떻게 흐르는지, 나비는 언제 다시 나타나는지, 왜 이 피조물들의 순환이 세상을 완성하는 것인지 알고 싶다.

1852년 4월 18일의 일기

04
19

커다란 야생 새들을 보려면, 오늘처럼 폭풍이 사납게 부는 날이 좋다. 이런 날 새들은 마을 주위에 모습을 자주 드러내고, 사람들이 있어도 경계하지 않는다. 폭풍이 점점 거세지면, 계절의 소식을 전하는 커다란 새들은 바람과 정면으로 맞선다. 야생의 생명을 관찰하려면 야생의 계절이 필요하다.

1852년 4월 19일의 일기

사람들이 지구 위에 널리 흩어져 살아서 좋다. 땔감을 얻으려면 숲을 남겨 두어야 하고, 가축과 말들을 먹이려면 목초지를 남겨 두어야 한다. 사람들이 멀리 떨어져서 사는 이유이다. 그래야 모든 마을 산책자들이 걸어 다닐 수 있는 숲과 들판도 더욱 넓어진다.

1852년 4월 21일의 일기

폰카타셋^{Ponkawtasset} 언덕 동쪽에서 울새 한 마리가 나뭇가지에 앉아 즐겁게 노래하는 소리를 듣는다. 비가 내려 주위는 황량하고 음산하다. 울새의 노래가 폭우를 누그러뜨리는 반작용 역할을 한다. 마치 자연이 이렇게 말하는 듯하다. "신뢰하라, 나는 이 두 가지 일을 모두 할 수 있다."

1852년 4월 21일의 일기

문자는 최고의 유물이다. 우리에게 친숙하면서도 다른 어느 예술 작품보다 보편적이다. 삶 그 자체와 가장 가깝다. 모든 언어를 표기할 수 있으며, 사람들 모두 입으로 읽을 수 있고, 실제로 호흡할 수 있다. 캔버스 위나 대리석에만 새겨지는 것이 아니라 삶 자체의 숨결로 조각된다.

독서, 《월든(1854)》

04
23

뉴잉글랜드 지방 사람들은 질문으로 대답을 대신하지 않는다. 그렇다고 옳지 않다는 말은 아니다. '예'와 '아니요'는 거짓말이다. 진실한 대답을 하는 목적은 무엇인가를 확고하게 하려는 게 아니라 모든 것을 제대로 떠다니게 하기 위함이다.

1840년 6월 23일의 일기

격식을 차린 파티나 국회의사당에 가는 사람들은 새로운 코트가 반드시 있어야 한다. 그곳에서는 사람 자체가 바뀌니까 코트도 바꿔 입어야 하는 것이다. 그러나 만약 지금 내가 입고 있는 겉옷과 바지, 모자와 신발로 신에게 예배드려도 아무 문제가 없다면, 그들도 마찬가지일 것이다. 왜 그렇지 않을까? 새 옷이 필요한 모든 일을 경계하라고 말하고 싶다.

생활의 경제, 《월든(1854)》

04
25

처음에는 한두 곳에서 자고새가 북을 치듯 운
다. 생명의 흐름이 점점 세져서 지구의 맥박 소
리가 들리는 것 같다. 자연을 슬그머니 뒤흔들
어 그 심장이 고동치게 한다. 걸음을 멈추고 굴
뚝새 소리에 귀를 기울일 때면 내 두툼한 코트
속으로 땀이 흐른다. 숲속을 가득 채운 벌레들
의 허밍 소리를 듣고 있노라면 귀가 먹먹해진
다. 여름의 합창이 시작된다. 고요한 공간이 채
워지기 시작했다.

1854년 4월 25일의 일기

왜 우리는 그토록 절박하게 성공하려 하고, 그토록 절박하게 일을 벌일까? 어떤 사람이 자신의 길동무와 보조를 맞추어 걷지 않는다면, 아마도 다른 북소리에 귀 기울이고 있기 때문일 것이다. 얼마나 침착하게 가든, 얼마나 멀리 가든, 자신에게 들리는 음악에 맞춰 걸어가게 내버려 두라. 사과나무나 떡갈나무만큼 빨리 열매를 맺는 일은 중요하지 않다. 누군가의 봄을 여름으로 바꾸라고 할 것인가?

맺는말, 《월든(1854)》

포터 씨의 좁은 목초지에 있는 떡갈나무 아래
에 서서 깨달았다. 울타리가 풍경을 보기 좋게
한다는 것을. 고르지 않은 반 에이커 정도인 땅
인데도, 울타리를 친 덕분에 그곳만 보고 집중
하게 하는 효과가 있었다. 물론 떡갈나무가 서
있는 것도 중요하다. 울타리가 없는 대초원에
서는 이런 풍경이 안 나온다. 목초지의 경계를
만드는 울타리가 액자 역할을 하면서 그림 같
은 풍경이 만들어진다.

1852년 4월 17일의 일기

시인이나 철학자, 동식물 연구자 혹은 그 누구든, 자신이 선택한 직업 말고 이따금 곁눈질로 다른 분야에 관심을 기울이는 사람의 장점을 떠올려 보았다. 시인이라면 의도적으로 포기할 때 볼 수 없었던 것을 보게 될 것이다. 철학자라면 긴 연구로 찾아낼 수 없던 원리를 깨닫게 될 것이다. 동식물 연구자라면 예상치 못했던 새로운 꽃이나 동물과 맞닥뜨리게 될 것이다.

1856년 4월 28일의 일기

04
29
삶이라는 예술, 시인의 삶이라는 예술은 할 일
이 아무것도 없는데 무엇인가를 하는 것이다.

1852년 4월 29일의 일기

소들이 내륙의 오지로 이동하기 시작한다. 농부의 아들 여럿이 처음으로 소를 몰고 가는 여정을 경험한다. 이야깃거리가 되는 것들을 보게 된다. 지평선의 푸른 굴곡이었을 뿐인 언덕에 대해 속속들이 알게 된다. 목동들이 머물러 있는 곳, 여기저기 몇 에이커씩 울타리로 나누어진 단단한 대지를 발견하게 된다. 그곳에는 흙먼지 속에서 종일 걷고 난 뒤 갈증을 풀어 줄 시원한 샘물도 있다.

1860년 4월 30일의 일기

5월

May

5월 초순 무렵 이웃끼리 인사하는 자리를 마련하려고 지인들의 도움을 받아 집 뼈대를 세웠다. 집 짓는 사람으로서 나보다 더 큰 영광을 누린 사람은 없을 것이다. 언젠가 다락방을 올릴 때도 그들이 도와주리라고 믿는다. 이제는 전보다 더 신중하게 집을 짓는 게 좋겠다. 예를 들어 그 사람의 본성에 맞는 문과 창문, 천장, 다락방을 생각해야 한다. 새가 꼭 알맞게 둥지를 트는 것처럼 사람도 자기 집을 알맞게 지어야 한다.

생활의 경제, 《월든(1854)》

집이나 땅처럼 물질적인 부를 축적하는 것은 어리석은 일이다. 인생의 주식, 진정한 부동산은 우리가 내내 쌓아 온 사유의 양이다. 어떤 일을 할 때 창의력, 상상 그리고 이성과 같은 정교한 도구를 쓴다면 그게 바로 세상에 좌우되지 않는 새로운 창작이 될 것이고, 영원한 소유물이 될 것이다.

1857년 5월 1일의 일기

05
02

내가 보기에 철학이라는 높은 곳에 서 있는 사람에게 인류와 인간사는 그저 멀리 보이다가 사라지는 것일 뿐이다. 인간이라는 존재가 지나치게 강조되고 있다. 인간은 그저 자신이 서 있는 자리일 뿐이며, 눈앞에는 무한이 펼쳐져 있다. 세상은 나를 비추고 있는 거울의 방이 아니다. 내가 빛을 반사하면 내가 아닌 다른 것을 발견하게 된다.

1852년 4월 2일의 일기

05   개구리는 밤의 새이다.

03   나는 페어 헤이븐 힐^{Fair Haven Hill} 옆길을 지나고

있다. 바람결에 괘종시계 울리는 소리가 또렷

하게 들려온다. 동풍이 불고 있음을 알 수 있다.

소리가 멈추고 난 다음에도 한참이나 웅장하고

풍요로운 음악이 메아리처럼 공기 속에 떠돈

다. 마치 거대한 오르간이 울리듯, 소리의 꽃으

로 피어난 음악의 진동이 허공을 가득 채운다.

1852년 5월 3일의 일기

단지 태양이 떠오르고 날이 밝는 것뿐 아니라 자연 그 자체를 기다린다! 여름과 겨울, 그 수많은 아침마다 이웃들이 일을 시작하기도 전에 나는 이미 일을 하고 있었다! 물론 그게 태양이 떠오르는 것에 도움을 주지는 못하지만, 단지 그 자리에서 해가 뜨는 것을 기다리는 것만으로도 분명히 중요한 일이다.

생활의 경제, 《월든(1854)》

이웃들이 선량하다고 여기는 많은 것들을 내 영혼은 나쁘다고 믿고 있다. 만약 내가 무엇인가를 후회하게 된다면, 아마도 선량한 행동에 대해서일 가능성이 높다. 나는 어떤 악마에게 홀려서 그렇게 선량하게 굴었을까?

생활의 경제, 《월든(1854)》

05
06

순수하게 객관적인 관찰이라는 것은 없다. 당신의 관찰이 흥미롭고 의미가 있으려면 반드시 주관적이어야 한다. 어떤 계층에 속한 작가가 기록한 관찰이든 그건 결국 한 인간의 총체적인 경험이다. 시인, 철학자, 과학자 모두가 마찬가지다.

1854년 5월 6일의 일기

사회에서 일어나는 혁명은 우리의 흥미를 끌거나 놀라게 할 힘이 별로 없다. 그러나 강물이 말라붙거나 소나무가 시들어 가고 있다는 소식에는 주의를 집중하게 될 것이다. 혁명은 결코 갑작스러운 일이 아니다. 역사 속에서 가장 중요한 것은 요란하지 않은 고요한 사실인 경우가 흔하다.

《개혁과 개혁자들(1844)》

넓게 펼쳐진 수면이 공기 속으로 은근한 활력을 드러낸다. 물은 끊임없이 저 위의 생명과 움직임을 받아들인다. 땅과 하늘 사이를 중재하는 본성이다. 땅에서는 풀과 나무만 굽이치며 움직이지만, 물은 바람을 받으면 스스로 물결을 일으킨다. 산들바람이 물을 스치며 지나갈 때, 그 줄무늬와 빛의 파편을 볼 수 있다.

호수, 《월든(1854)》

05
09

어제 보스턴에서 한 조류학자가 의미심장한 말을 했다. "만약 당신이 그 새를 손에 쥐었다면…" 나라면 차라리 새를 애정으로 품을 것이다.

1854년 5월 10일의 일기

자기 삶을 묘사할 때, 자연을 비유와 상징의 재료로 쓰는 이가 가장 부유한 사람이다. 이러한 황금버드나무의 문 안으로 들어서는 일은 아름다움과 열린 전망을 경험하는 것과 같다. 삶을 넘치도록 살아서 경험은 풍부하지만 표현하기가 어렵다면, 자연이 시로 가득 찬 나의 언어가 될 것이다. 온갖 자연은 전설이 될 것이고, 자연 현상은 모두 신화가 될 것이다.

1853년 5월 10일의 일기

내가 앉아서 봄을 누리는 동안, 얼마나 많은 울새들이 움트는 새싹 주위를 무리 지어 바쁘게 날아다니는지! 울새들은 꽃이나 이파리처럼 나무의 일부 같다. 날아와서 나무의 목소리가 된다.

1853년 5월 11일의 일기

05
12

평범한 마음가짐으로는 기억할 만한 일을 전혀 이룰 수 없다. 영웅과 개척자들은 동시대 사람들이 꿈꾸는 것 이상을 기대했다. 그리고 진실을 감별할 만한 정신적 틀을 갖추고 있었다. 그래야 전보다 더 진실한 것들을 찾아낼 수 있다.

1850년 5월 12일의 일기

05
13

이제 막 움트기 시작하는 이파리와 꽃봉오리는 비를 맞으면 훨씬 아름다워진다. 온통 맑은 물방울로 뒤덮인 모습이 된다. 물방울을 털어 내고 나면 특별한 아름다움이 사라진다. 비 내리는 숲속을 거닐지 않는 이들은 싱그럽게 빛나며 피어나는 아름다움을 만나지 못한다.

1852년 5월 13일의 일기

오늘 아침, 마당의 풀 위에 내린 이슬을 관찰한다. 말 그대로 반짝이는 물방울이 빽빽이 박혀 있다. 이슬방울은 20센티미터쯤 되는 풀잎 끝에 아름다운 수정 구슬처럼 매달려 있다. 가장 아래쪽에 있는 이슬이 가장 크고, 어떤 건 두세 개씩 나란히 매달려 있다. 이슬방울 하나하나는 우리 행성의 형태이다. 그 행성의 표면이 살아 있는 것처럼 가볍게 떨린다.

1860년 5월 13일의 일기

우연히 들은 귀뚜라미의 첫 울음소리가 내 귀를 사로잡아 다른 건 모두 잊게 한다. 귀뚜라미 소리를 듣는 순간 나는 생각에 잠기고, 진지해지고, 도덕적이 된다. 울려 퍼지는 멜로디는 아니지만 개똥지빠귀 소리보다 현명하고 성숙하게 들린다. 이렇게 영험한 소리 덕분에 가을에 이르기까지의 여름 전체를 명료하게 볼 수 있다. 여름의 일들이 모두 경박하게 느껴진다.

1853년 5월 15일의 일기

시골 언덕 위에 깃발을 왜 세워 두는지 알게 되었다. 시골 풍경을 생기 없게 만들어 발밑에 두려는 것이다. 언덕은 이제 군대의 초소처럼 보인다. 자연 그대로의 푸른 풍경이 깃발의 영향권 아래로 들어갔다.

1850년 5월의 일기

돌무더기 위쪽 작은 시냇물이 말라붙은 것을 보았는데, 나중에서야 준베리 목초지에서부터 물이 흐르지 않음을 알게 되었다. 시냇물이 어디로 빠져나갔는지 알려면 목초지에 꼭 가 봐야 했다. 과학이 있기 전부터 이미 오랫동안 시냇물은 이 야생 지역 땅의 높낮이를 잘 알았다. 그리하여 감탄스럽게도 숲과 다른 장애물 사이의 길을 지혜롭게 찾아갔다. 시냇물이 강을 찾아가고, 새들이 본능을 따라 이동하는 능력이 인간이 배를 조종하여 지구를 한 바퀴 돌 수 있는 지식과 다르다고 할 수 있을까?

1854년 5월 17일의 일기

당신의 계획이 우주의 뼈대가 되어야 한다. 다른 모든 계획은 곧 무너질 것이다.

《콩코드강과 메리맥강에서 보낸 일주일(1849)》

최근 몇 년 동안 낚시를 할 때마다 자존심이 몇 번이나 상했다. 그래도 여러 차례 낚시를 갔다. 다른 동료들과 마찬가지로 나도 기술이 있고 때때로 되살아나는 어떤 본능도 있지만, 낚시하고 나면 언제나 하지 않는 게 나았을 거라는 기분이 든다.

더 높은 법,《월든(1854)》

바다는 지구 전체를 둘러싸고 있는 황무지다. 맹수들이 우글대는 벵골의 숲보다도 거칠다. 바다는 도시의 부두와 해안가 집의 정원을 쓸어 가 버리기도 한다. 뱀, 곰, 하이에나, 호랑이는 문명이 진보하면 재빨리 사라진다. 그러나 가장 문명화되고 북적이는 도시라 할 지라도 멀리 떨어져 있는 상어를 겁먹게 하지는 못한다.

《케이프 코드(1865)》

언젠가 무지개와 땅이 만나는 곳에 우연히 서
게 된 적이 있었다. 대기의 아랫부분은 마치 일
곱 빛깔 수정을 통해 보는 것처럼 풀과 잎사귀
들 주변을 영롱한 빛으로 물들이고 있었다. 비
록 짧은 시간이었지만, 나는 무지갯빛 호수 속
에 사는 돌고래가 된 기분이었다. 조금만 더 오
래 있었더라면 나의 일과 삶도 물들었을 텐데.

베이커 농장, 《월든(1854)》

귀뚜라미 소리를 귀 기울여 들어 보라. 귀뚜라미는 새들에게 이렇게 말한다. "아! 너희들은 어린아이처럼 생각나는 대로 아무 말이든 하는구나. 자연은 너희를 통해 말을 하지만, 우리는 자연의 성숙한 지혜를 전하지. 우리와 상관없이 계절은 순환하고 우리는 그저 자장가를 부를 뿐." 그래서 귀뚜라미들은 풀뿌리에 앉아 그침 없이 노래한다.

1854년 5월 22일의 일기

볕 좋은 오후에 밤매가 눈동자 속의 작은 티끌처럼, 혹은 하늘의 눈동자처럼 머리 위 높은 곳에서 맴돌았다. 나는 그것을 쳐다보면서 즐거운 하루를 보냈다. 밤매는 이따금 급강하하며 하늘이 갈라지는 소리를 내기도 했다. 호수에 이는 물결처럼, 바람에 날려 하늘에 떠 있는 이 파리처럼 우아하고 날렵했다. 자연은 그처럼 서로 닮아 있다. 매는 호수에 이는 물결의 날아다니는 형제다. 파도 위를 항해하고 조망한다. 바람을 맞아 부풀어 오른 밤매의 완벽한 날개는 바다의 털 없는 원초적 날개와 닮았다.

콩밭, 《월든(1854)》

내가 충분히 과감하게 표현하고 있는지, 좁은 일상적 경험 밖으로 확대하지 못하는 건 아닌지 자주 걱정한다. 내가 확신하는 진실을 적절히 표현할 수 있기를 바란다. 과감한 표현! 그것은 당신이 경계를 짓는 방식에 달려 있다.

맺는말, 《월든(1854)》

단 하나 진실한 시야를 가질 수 있다면, 나는 세
상의 모든 부나 온갖 영웅적인 행동도 다 포기
할 수 있다. 그러나 세속의 연필 제조업자인 내
가 어떻게 제정신으로 신들과 소통할 수 있을
까?

《콩코드강과 메리맥강에서 보낸 일주일(1849)》

국가는 지구의 완벽한 축도縮圖, 자연이 다스리는 영토가 되어야 한다. 지형과 토양의 단계적 변화를 따라가다 보면 여행자는 원칙의 장터에 이르게 된다. 자연은 법보다 강하다. 느리지만 확실한 바람과 물의 영향력은 법을 만들어 제한하고자 하는 노력을 물거품으로 만들 것이다. 사람은 안전한 한계선을 설정할 수 없다. 자연의 혁명은 그 한계선을 무너뜨리는 게 아니라, 확실하고 든든하게 만들 것이다.

1837~47년의 일기

05
27

국가는 인간의 분별력, 지성, 도덕에는 관심이 없고 의도적으로 오직 신체와 감각만을 중요시한다. 뛰어난 재치나 정직함을 내세우지 않고 신체적 힘을 내세운다. 나는 강요받으려고 태어나지 않았다. 내 방식대로 호흡할 것이다. 누가 더 강한지 두고 보자. 다수가 지닌 힘이 무엇이란 말인가? 그들은 나에게 오직 나보다 더 높은 법에 복종하게 할 수 있을 뿐이다.

《시민 불복종(1849)》

**05
28**

결백하다고 할 만한 삶인가? 매주 스스로 물어 볼 가치가 있다. 인간이나 짐승을 대할 때, 사유할 때나 행동할 때, 우리는 몰인정한가? 평온한 삶을 살아가려면, 우리는 우주와 하나가 되어야 한다. 어떤 생물에게 의식적으로 불필요하게 해를 끼치는 것은 자살이나 마찬가지다.

1854년 5월 28일의 일기

나는 무장한 사람들로 가득 찬 법원에서 죄수를 붙잡고 심리하는 것을 보고 있다. 그가 정말로 노예인지 아닌지 알아내려는 것이다. 그게 그렇게 문제가 되는 건지 의문스럽다. 이건 사실 매사추세츠주를 재판하는 것이다. 그 사람을 자유롭게 풀어 주기를 망설일 때마다, 매사추세츠주는 유죄판결을 받는다. 이 사건의 담당자는 하나님이다. 땅 위에 지옥을 만드는 데 동의하고 한통속이 되는 것보다는, 차라리 땅과 지옥을 함께 폭파해 버릴 성냥에 불을 붙일 것이다(탈출한 노예 앤소니 번즈Anthony Burns를 연방정부가 다시 체포해 버지니아주의 소유주에게 보낸 보스턴 재판에 항의하며).

1854년 5월 29일의 일기

우리 상황에 딱 맞는 말들이 책 속에 적혀 있을
수도 있다. 이 말들을 정말로 알아듣고 이해할
수 있다면, 아침이나 봄보다 우리 삶에 더 유익
할 것이다. 얼마나 많은 사람이 책을 읽고 나서
자기 인생의 새로운 시기를 열었는지 모른다.

독서, 《월든(1854)》

단지 강바닥만을 보는 게 아니라, 강물에 반사된 나무들과 하늘까지 보려면 의도적으로 분리된 시각, 그러니까 훨씬 자유롭고 추상적인 시야가 필요하다는 사실을 깨달았다. 모든 물체는 보는 방향에 따라 다양한 모습을 가지고 있다. 가장 불투명한 표면도 하늘을 반사한다.

《콩코드강과 메리맥강에서 보낸 일주일(1849)》

6월

June

생명은 야생으로 이루어져 있다. 가장 활기찬 존재가 가장 야생에 가깝다. 아직 사람이 길들이지 않은 존재가 사람에게 생기를 되찾아 준다. 끝임없이 앞으로 나아가야만 하고 일을 놓지 못하는 사람, 빠르게 성장하면서 삶에서 얻고자 하는 게 끝이 없는 사람은 날것의 생명으로 둘러싸인 낯선 시골이나 야생 속으로 가면 자신을 되찾을 수 있다. 나의 희망과 미래는 잔디밭과 경작지, 읍내와 도시에 있지 않다. 출렁이는 묵직한 늪에 있다.

《걷기(1862)》

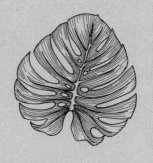

비가 흩뿌려 콩밭에 물을 준 덕분에 오늘은 집에 머물고 있다. 쓸쓸하거나 우울하지 않고 오히려 기분이 좋다. 괭이질하러 나가지 못하더라도 비가 내리는 게 훨씬 이득이다. 비가 계속 내려 땅속의 씨앗이 썩고 낮은 지대의 감자들이 망가진다 해도, 높은 지대의 풀은 잘 자랄 것이다. 풀이 잘 자라면 나에게도 좋은 일이다.

고독,《월든(1854)》

매우 짧은 산책일지라도, 다시 돌아오지 않으리라는 불굴의 모험 정신을 가지고, 무뎌진 마음은 황량해진 왕국의 유물 따위로 되돌려 보낼 준비를 하고 나가야 할 것이다. 아버지와 어머니, 형제와 자매, 아내와 자녀 그리고 친구들을 떠날 자세가 되었다면, 다시는 그들을 보지 않을 작정이라면, 빚을 갚고 뜻을 세웠다면, 모든 일을 마무리했다면, 그래서 자유로운 사람이 되었다면, 이제 산책할 준비가 된 것이다.

《걷기(1862)》

06
03

지식과 무지 사이에 있는 간극은 과학의 영역으로 들어오지 않는다. 학술적인 책이 배울 게 더 많은 것은 아니다. 진실하고 성실한 인간적인 책에서, 진솔하고 정직한 평전에서 더 많은 것을 배운다.

《콩코드강과 메리맥강에서 보낸 일주일(1849)》

오늘 어떤 이가 나에게 나뭇잎이 다 자라서 숲이 짙푸른 잎사귀들로 무성하게 뒤덮이는 때가 언제냐고 물었다. 이제 나무마다(나무들 대부분이) 8센티미터쯤 되는 작은 가지들을 틔웠고, 가지에서 돋아난 잎사귀 두세 장이 우리와 태양 사이를 가로막아 옅은 그늘을 드리운다. 눈이 성긴 체처럼 아직 듬성듬성한 잎사귀가 제 그늘 속에서 살며시 흔들리는 것이 보인다. 그러나 일주일쯤 지나면 나뭇가지들은 성큼 자라고 잎사귀들도 무성해질 것이다. 나무들은 짙푸른 잎사귀로 울창하게 뒤덮이고, 서늘한 그림자는 불투명할 정도로 어두워질 것이다.

1860년 6월 4일의 일기

요즘 주위에서 자라고 있는 식물들 하나하나에 관심을 기울이고 있다. 커다란 식물에 대해서도 조금 알게 되었다. 그 식물들은 지구 위 이 지역에서 나와 함께 살고 있고, 이름도 친근하다. 그러나 얼마나 자연 그대로인지! 석탄 속에 있는 식물 화석처럼 기이할 정도로 야생적이다. 별꽃이나 소나무는 조금 덜하다. 물론 이런 것들을 잘 안다고 여기지만, 그늘을 드리우는 나무와 그 아래 서 있는 나는 나이 차이가 정말로 크다! 나무는 지질학적으로 먼 옛날에도 그 자리에 서 있었을 것이다.

1857년 6월 5일의 일기

이제 6월, 풀과 나뭇잎이 무성해지는 달이다. 내가 너무 늦었을지도 모른다는 생각에 심장이 두근거린다. 각 계절은 아주 짧은 한 지점에 지나지 않는다. 왔다가는 곧 가 버린다. 우리의 생각과 정서는 서로 맞닿아 있는 두 개의 톱니바퀴처럼 계절의 순환에 반응한다. 우리는 한 번에 오직 하나의 지점에 접촉하는 것에 익숙하다. 그 지점으로부터 어떤 자극이나 충격을 받아들이고 곧 새로운 계절 혹은 새로운 접촉 지점으로 넘어간다. 한때 나는 얼음이었다가, 이제는 괭이밥이다.

1857년 6월 6일의 일기

층층이부채꽃이 한창이다. 땅이 온통 푸른빛으로 물들었다. 아마 2주 전에 이곳을 지나쳤을 것이다. 지금과 비교하면 그때 언덕은 황량했다. 그러나 이제 다시 와 보니 영광스러운 구세주가 주위를 온통 환하게 밝혀 놓았다. 이 황량한 땅에 누가 층층이부채꽃의 씨앗을 뿌렸나? 누가 들판에 핀 층층이부채꽃에게 물을 주었나?

1852년 6월 5일의 일기

그늘도 햇빛만큼 좋고, 밤도 낮만큼 좋은 것이
아닐까? 왜 언제나 독수리와 개똥지빠귀만 좋
은 새가 되고, 올빼미와 쏙독새는 그렇지 못해
야 하는 걸까?

1840년 6월 16일의 일기

소년 소녀들, 젊은 여성들 대부분은 숲에 오면 즐거워 보였다. 호수와 꽃을 바라보면서 좋은 시간을 보냈다. 하지만 사업가들은, 심지어 농부들도 내가 고독하지 않은지, 무슨 일을 하고 사는지, 내가 사는 곳이 다른 집들과 얼마나 멀리 떨어져 있는지만 염려했다. 그들은 숲속을 거니는 것을 좋아한다고 말했지만 그렇지 않은 게 분명했다.

손님들, 《월든(1854)》

아무도 응답하지 않는 열망을 품는 건 어떤 일일까? 나는 홀로 걷고 있다. 마음이 한껏 부풀어 오른다. 감정이 생각을 방해한다. 나는 친구를 찾아 뚜벅뚜벅 걷는다. 모퉁이를 돌 때마다 친구를 만나기를 기대한다. 그러나 아무도 나타나지 않는다. 나는 기꺼이 깊은 물로 걸어 들어가겠지만, 동행들은 오직 얕은 물과 웅덩이를 건널 것이다.

1855년 6월 11일의 일기

내가 알기로는 계절에 따른 미세한 차이를 아무도 관찰하지 못했다. 세상에 똑같은 밤은 두 번 다시 없다. 기온이 가장 따뜻한 날임에도, 오늘 밤은 바위에서 온기를 느끼지 못한다. 모래에서도 마찬가지다. 계절에 대한 책을 쓰려면 바로 그 계절에 몸소 집 밖으로 나가 한 장 한 장 기록해야 한다.

1851년 6월 11일의 일기

아이들 몇 명이 허버드 벤드^{Hubbard's Bend}에서 배를 타고 놀면서 멱을 감고 있다. 멀리 햇빛에 드러난 벌거벗은 아이들의 살 빛깔이 보기 좋다. 쉽게 볼 수 없는 광경이다. 운동을 즐기는 아이들의 목소리가 강물 위로 울려 퍼진다. 그런데 이 땅을 방문한 천사가 신기해하며 비망록에 적어 갈 만한 일이 있다. 인간들은 스스로 알몸을 드러내지 못하게 하고, 알몸을 드러내면 엄격한 벌을 준다는 것 말이다!

1852년 6월 12일의 일기

06
13

우리가 자기 자신을 평가하는 것에 비하면 여론은 그저 허약한 폭군일 뿐이다. 자신에 대한 평가가 인간의 운명을 지시하고 결정한다.

생활의 경제, 《월든(1854)》

06
14

돈 때문에 일하는 사람을 고용하지 말고, 그 일을 좋아하는 사람을 고용해서 급여를 후하게 주라.

1852년 6월 15일의 일기

다시 하얀 수련의 향기를 맡는다. 드디어 내가 기다리던 계절이 왔다. 수련의 향기 속에서 확인할 수 있는 우리의 희망은 무엇일까! 노예제도, 그리고 북부 정부가 비겁하고 원칙 없이 행동하는 것을 견딜 수 없지만, 세상에 대해 너무 빨리 절망하지는 않을 것이다. 하얀 수련이 인간의 행위도 언젠가 향긋해지는 때가 올 것임을 암시하고 있다.

1854년 6월 16일의 일기

안개 덮인 호수 위로 물결이 일렁이며 반짝인다. 그러나 인간이 비열하다면 자연의 아름다움이 무슨 의미가 있을까? 우리는 호수로 가서 자신의 평온함을 물에 비춰 본다. 평온하지 않을 때는 호수로 가지 않는다. 통치자와 통치당하는 자 사이에 원칙이 존재하지 않는 나라에서 누가 평온할 수 있을까? 정치가들의 비열함을 떠올리는 바람에 산책을 망친다. 나라를 생각하면 너무 괴롭다(앤소니 번즈가 다시 노예로 송환된 뒤).

1854년 6월 16일의 일기

06
17

희망과 약속의 계절은 지나갔고, 자잘한 열매
들이 열리는 계절로 들어섰다. 인디언들은 한
여름을 산딸기가 무르익는 계절이라고 불렀다.
희망과 그것이 이루어진 것 사이의 간극을 보
면서 우리는 조금 슬퍼진다.

1854년 6월 17일의 일기

06
18

새들이 갑자기 요란하게 노래를 불러 새벽녘에
잠이 깼다(창문이 열려 있었다). 아침 음악회가 잠
속으로 쏟아져 들어오는구나!

1860년 6월 18일의 일기

아직 완전한 보름달이 아니다. 저 멀리 있는 감자밭 울타리에 책을 올려놓고 기록한 것이나 서재 책상에 앉아 햇빛 아래서 기록한 것이 어떻게 달빛 아래에서 떠오르는 생각을 기록한 것과 같을 수 있을까? 햇빛은 그저 밝을 뿐이다. 그렇지만 달빛 아래 내 연필은 마치 크림처럼 신비로운 물질 속을 움직이고 있는 것 같다.

1853년 6월 18일의 일기

따뜻하다 못해 무더운 밤에 창문을 열어 놓은 채 누워 있다. 멀리 강변에서 황소개구리가 세상에서 버림받은 듯 낭랑하고 비장하게 우는 소리가 간간이 들린다. 시내에 사는 사람들은 거의 듣지도 보지도 못하겠지만, 이렇게 무더운 밤에는 그 울음소리가 동네 끝에서 끝까지 울려 퍼진다. 그럴 때는 마치 지옥에서 깨어난 것 같다. 내가 어느 세상에 있는지 한동안 혼란스럽다.

1852년 6월 20일의 일기

06
21

하루 이틀 동안 자연은 평소와 달리 삭막하고 건조해 보였다. 주위 세계를 감각으로 느끼면서 우리는 자기 자신의 신체적 순환과 그에 상응하는 정신의 순환을 읽게 된다. 며칠은 내가 어떻게 평생 자연을 좋아했는지 알 수 없을 만큼 갑자기 자연에 깊이가 없는 듯 느껴졌다. 그런데 오늘 저녁에 들판을 가로질러 오다가 놀랄 만큼 아름다운 사과나무 한 그루와 맞닥뜨렸고, 나는 다시 자연에서 기운을 얻었다.

1852년 6월 21일의 일기

언덕을 넘어오면서 개똥지빠귀가 저녁을 노래하는 소리를 듣는다. 오직 개똥지빠귀의 노래만이 음악만큼 나를 사로잡고, 생각과 상상력의 흐름과 방향에 영향을 미친다. 나는 야생을 갈망한다. 발을 들여놓을 수 없는 자연, 개똥지빠귀가 그치지 않고 노래하는 숲, 시간은 늘 이른 아침이고, 풀잎에는 이슬이 맺혀 있고, 끝내 밝혀지지 않는 하루로 머무는 곳, 주변에 오직 비옥한 미지의 토양만이 있는 곳을, 나는 갈망한다.

1853년 6월 22일의 일기

봄에는 앉은부채의 잎이 물을 담아 마실 수 있는 최고의 그릇이 된다. 접시처럼 매우 넓적하고, 잎의 가장자리에 톱니 모양이 없으며, 사람이 사는 곳 근처에서 자란다. 줄기를 꺾으면 불쾌한 냄새가 나지만, 물맛에는 영향을 미치지 않아서 마실 때는 느껴지지 않는다.

1853년 6월 23일의 일기*

시인이 수집한 사실들은 마침내 시인의 기대가 배어 있는 날개 달린 진리의 씨앗, 다시 말해 시과詩果로 땅에 내려앉는다. 오, 나의 단어들이 저 산등성이들처럼 푸르고 영원하길! 시적인 관찰자들은 사실을 무르익은 씨앗처럼 뿌린다.

1852년 6월 19일의 일기

06
25

진정한 예술가는 삶을 재료로 삼는다. 끌을 움직일 때마다 대리석을 무디게 갈아 내는 게 아니다. 살과 뼈를 깎아 내야만 한다.

1840년 6월 23일의 일기

**06
26**
개가 당신에게 달려들면, 휘파람을 불어 진정
시켜라.

1840년 6월 26일의 일기

우리가 포도와 작은 꽃이 피어 있는 싱그러운 덤불 사이를 따라 내려갈 때, 땅 위는 매우 고요했다. 공기와 물이 모두 맑아서 강 위로 날아오르는 물총새와 울새가 수면에 비친 모습이 마치 하늘 위에 떠 있는 것처럼 분명하게 보였다. 새들은 물속에 잠긴 숲을 통과하여 날아가면서 부드럽게 물보라를 일으키는 것처럼 보였고, 낭랑한 노랫소리가 물속에서 들려오는 듯했다. 강물이 땅 위에서 흐르는 것인지 땅이 강물을 품에 안은 것인지 구분할 수 없었다.

《콩코드강과 메리맥강에서 보낸 일주일(1849)》

모든 아침은 유쾌한 초대이다. 내가 변함없이 단순하게 살 수 있게 만들어 준다. 자연과 함께 있으면 나는 결백함을 말할 수 있다. 나는 그리스인들처럼 신실하게 여명의 여신 오로라를 숭배했다. 아침 일찍 일어나 호수에서 몸을 씻었다. 그것은 종교적 행위였고, 내가 했던 일 중 가장 훌륭한 일이었다.

내가 살았던 곳, 내 삶의 목적, 《월든(1854)》

06
29 최고의 책들을 가장 먼저 읽어라. 그렇지 않으면 결국 읽을 기회가 없을지도 모른다.

《콩코드강과 메리맥강에서 보낸 일주일(1849)》

자연을 보려면 인간적 관점으로 볼 수밖에 없다. 다시 말해 자연의 풍경은 인간의 애정과 관련되어 있다. 예를 들어 자신이 태어난 장소에 대해 갖는 감정을 생각해 보라. 자연은 자연을 사랑하는 이에게 가장 특별한 의미가 있다. 자연을 사랑하는 이는 인간도 매우 사랑한다. 만약 나에게 친구가 없다면, 자연이 나에게 무슨 의미일까? 자연은 나에게 아무런 도덕적 의미를 지니지 못할 것이다.

1852년 6월 30일의 일기

7월
July

시간은 내가 물고기를 낚으러 가는 시냇물일 따름이다. 나는 그 물을 마시면서 모래가 깔린 바닥이 얼마나 얕은지 가늠해 본다. 가느다란 물줄기는 흘러가지만, 영원은 남는다. 나는 더 깊은 물을 들이마실 것이다. 하늘에는 물고기가 있고, 하늘의 바닥에는 별이 총총하다. 나는 1을 세지 못한다. 나는 알파벳의 첫 글자를 알지 못한다. 나는 태어났을 때만큼 현명하지 못한 것을 언제나 안타깝게 생각해 왔다.

지성은 커다란 식칼 같다. 사물의 비밀을 분별하고 그 속으로 파고든다. 나는 내 손이 필요 이상으로 바쁘지 않기를 소망한다. 내 머리는 손과 발이다. 내 최고의 능력은 모두 그 속에 집중되어 있다. 짐승들이 코나 앞발로 굴을 파는 것처럼 내 머리도 그런 기관이라고 본능적으로 느낀다. 머리로 굴을 파서 언덕을 통과하는 길을 만들 것이다. 가장 풍부한 광맥이 이 근처 어딘가에 있을 것이다. 광맥을 찾는 막대와 피어오르는 가느다란 수증기를 보면 알 수 있다. 여기서 이제 굴을 파기 시작할 것이다.

내가 살았던 곳, 내 삶의 목적, 《월든(1854)》

07
01

태양과 보조를 맞추며 유연하고 활기차게 생각하는 사람에게 하루는 늘 아침과 같다. 시계가 어디를 가리키는지가 중요한 게 아니다. 사람의 태도와 노동이 중요한 게 아니다. 내가 깨어났을 때, 내 안에 새벽이 있을 때가 곧 아침이다.

내가 살았던 곳, 내 삶의 목적, 《월든(1854)》

밀물과 썰물이 날마다 해안가에 모래와 조개껍데기를 남기듯이, 일기장 페이지마다 약간의 침전물을 남겨라. 그래서 육지가 늘어나게 하라. 일기는 영혼의 조수 간만을 나타내는 달력일지도 모른다. 해안가와 마찬가지로 파도는 종이 위에 진주와 해초를 뿌릴 것이다.

1840년 7월 6일의 일기

07
03
이제 멱을 감을 수 있다니 대단한 호사다! 오늘은 이 계절 들어서 처음으로 기분 좋게 더운 날씨다. 물에 몸을 마음껏 담그고 싶다. 물이 내 몸으로 스며들게 해야 한다. 밖으로 나오면, 물이 재빨리 마르거나 몸속으로 흡수된다. 그러면 다시 물속으로 들어가고 싶어진다.

1854년 7월 3일의 일기

내가 처음 숲속에 거처를 마련했을 때, 그러니까 낮뿐만 아니라 밤에도 그곳에서 지내기 시작했을 때가 우연히도 1845년 7월 4일 독립 기념일이었다. 내가 사는 집은 겨울을 보낼 수 있을 정도로 마무리되어 있지 않았다. 단지 비를 피할 수 있는 정도였다. 내 집 위로 지나가는 바람은 산등성이를 휩쓰는 바람이었다. 현이 끊어진 듯한, 아니 그보다는 지상의 음악 중에서 천상의 영역에 속하는 부분만 연주하는 음조였다. 아침 바람은 영원히 불 것이고, 창조의 시도 멈추지 않을 것이다. 그러나 그것을 들을 수 있는 귀는 드물다.

내가 살았던 곳, 내 삶의 목적, 《월든(1854)》

나는 냇가의 둑에 남겨진 자연의 역사를 곰곰이 생각해 보는 것을 좋아한다. 시냇물의 수위가 높아지거나 서리가 많이 내리면 둑에 그것이 기록된다. 둑에 어떤 동식물이 살아가든, 시냇물은 일어난 사건 모두를 믿음직스럽고 진실한 일지로 남긴다. 시냇물은 자연의 묘지를 졸졸 흐르며 지나간다. 그렇게 비문을 새롭게 쓰면서 오래된 죽음의 의미를 찾는 일을 그치지 않는다.

1852년 7월 5일의 일기

일찍 열린 블루베리가 언덕에서 익기 시작한다. 낮은 지역에 사는 이들이 미처 알아차리기 전, 여기저기를 기웃거리던 노인들이 블루베리를 하나쯤은 찾아낸다. 그러나 블루베리가 열리는 곳을 샅샅이 알고 있는 아이들은 들통 가득 열매를 따와 집 앞에서 판다. 새 둥지와 산딸기를 찾을 때는 아이들의 눈이 되어야 한다.

1852년 7월 6일의 일기

07
07   새벽 4시. 처음으로 안개가 정말 자욱한 아침.
일어나기도 전에 안개 속에서 들려오는 새들의
노랫소리를 듣는다. 거품이 터지며 음악이 되
듯, 구슬들이 물 위로 쏟아지듯, 새들의 노래는
아침의 서리꽃처럼 세상을 금빛으로 물들인다.
안개는 지표면과 물 위에서 크고 달콤한 거품
이 되었다가, 방울들 안에 있던 공기가 빠져서
터지며 음악이 된다. 창문을 모두 활짝 열어 두
고 잠들라. 안개가 포옹할 수 있도록.

1852년 7월 7일의 일기

마을에서 가장 초라하고, 하찮고, 품위 없는 사람이 되는 일에는 이점이 있다. 가장 얌전한 아이들까지 당신을 멀리할 것이다. 나는 특이하게도 그런 것을 이점으로 받아들여 즐기는 것 같다.

1851년 7월 6일의 일기

책상 위에 석회암 조각 세 개를 올려놓았다. 그런데 날마다 돌조각들의 먼지를 털어야 한다는 사실을 알면서 겁이 났다. 내 마음속에 있는 가구에도 여전히 먼지가 앉아 있는데 말이다. 갑자기 넌더리가 나서 조각들을 창문 밖으로 던져 버렸다. 그러니 어떻게 내가 집 안에 가구를 들여놓을 수 있을까? 차라리 집 밖으로 나가 먼지가 쌓이지 않는 풀밭 위에 앉는 게 나을 것이다. 사람들이 땅을 파헤치지 않는다면 말이다.

생활의 경제, 《월든(1854)》

나는 관찰자의 위치가 항상 중심에 있다는 사실에 충격을 받는다. 관찰자는 언제나 호의 중앙을 향해 서 있다. 그리고 처음에는 천 개의 언덕 위에 서 있는 천 명의 관찰자가 모두 똑같이 유리한 위치에서 저녁노을을 바라보고 있을 거라는걸 의심하지 않는다.

1851년 7월 10일의 일기

천재성이란 생명력과 건강함이 넘치는 것이다. 산딸기를 맛보거나 소의 울음소리를 듣는 것처럼 풍경이나 소리, 향과 맛, 그 모든 감각에 건강하게 취하는 것이다. 나의 인식이 대체로 뛰어난 미각의 덕을 보고 있으며 미각을 통해 영감을 얻고, 이 산딸기들이 나의 뇌를 먹여 살린다고 생각하면 전율이 느껴진다.

1852년 7월 11일의 일기

우리는 아직 얼마나 젊은 철학자이자 실험주의
자인가! 나의 독자 가운데 누구도 삶을 다 살지
않았다. 삶의 주기에서 단지 봄에 해당하는 시
기에 있는 것이다(7월 12일은 소로의 생일이었다).

맺는말, 《월든(1854)》

왜 현재가 그토록 우리를 구속하는가! 지금 나는 수백 년 동안의 나이테가 새겨진 그루터기 위에 앉아 있다. 주위를 돌아보면 바로 이런 그루터기들로 이루어진 땅이 보인다. 현재의 조상이다. 나는 나무 막대기를 수억 겁 깊이로 땅속에 찔러 넣는다. 그리고 발뒤꿈치로 원소들이 수천 년 동안 이곳을 갈아엎은 것보다 더 깊이 고랑을 판다. 귀를 기울이면, 이집트의 진흙보다 더 오래된 개구리 소리가, 멀리 통나무 위에 앉아 있는 자고새 울음소리가 마치 여름 공기의 심장 박동처럼 들려온다.

1842~44년의 일기*

언젠가 마을 밭에서 괭이질을 하고 있는데, 참새 한 마리가 어깨에 앉았다. 그때 나는 어떤 멋진 견장이 달린 옷을 입었을 때보다 훨씬 돋보이는 느낌이었다.

겨울 동물들, 《월든(1854)》

07
15

오늘이 첫 무더위인 것 같다. 멀리서 보면 공기에 특유의 푸르스름한 안개가 낀 듯하다. 마치 용광로처럼 보이지만, 그래도 아직 후덥지근하지는 않다. 멀리 있는 풍경을 볼 수 있는 계절은 아니다. 10월, 11월의 공기와 정반대이다. 여행하기에도 적당하지 않다. 지금은 과수원과 작은 열매들을 위한 세상이다. 우물물이 차갑다면 집에 머물러도 좋을 것이다.

1851년 7월 16일의 일기

산딸기들이 이제 막 익기 시작한다. 아이들이 산딸기를 찾아 나설 계획을 세운다. 아이들이 들판과 숲속에 대해 배우는 것은 중요하다. 그럴 때 야생 열매들이 큰 역할을 한다. 반나절 동안 수업을 빠지고 근처 언덕에 올라가 허클베리를 따 와서, 혼자 힘으로 푸딩을 만들어 가족들 저녁 식사에 내놓은 적이 있었다. 정말로 기뻤다. 아, 한낱 푸딩일 따름이었으나 소중한 경험이었다! 그와 같은 반나절의 자유는 삶의 영원한 약속 같은 것이다.

1851년 7월 16일의 일기

지금까지의 어떤 경험도 소년 시절의 경험과 비교할 수 없다고 생각한다. 수년 동안 나는 거리에 울려 퍼지는 군악대의 소음이나 불협화음 같은 음악에 맞춰 행진했다. 매일 도취한 상태였으나, 누구도 나를 무절제하다고 할 수는 없었다. 당신들의 과학이라는 것은 빛이 영혼으로 어떻게 들어오는지, 어디에서 오는지 말할 수 있는가?

1851년 7월 16일의 일기

런던의 〈타임즈^{Times}〉*나 〈르뷔 데 되 몽드^{Revue}
des Deux Mondes〉**에 실린 평론들을 떠올릴 때,
여기에서 가능한 삶이 어떤 것인지 고민할 때,
문학에는 자연적 측면이 들어 있지 않다는 사
실을 인식하게 된다. 인간의 삶에 대해 쓴 에세
이에는 허클베리새의 노랫소리가 울려 퍼져야
한다. 지금 여기서 쉼 없이 노래하고 있듯이 말
이다. 〈르뷔 데 되 몽드〉는 이런 시각을 받아들
이지도 담아내지도 못한다.

1852년 7월 18일의 일기

* 〈타임즈^{Times}〉런던에서 발행되는 영국의 대표적인 신문
** 〈르뷔 데 되 몽드^{Revue des Deux Mondes}〉1829년부터 지금까
　지 간행되는 프랑스의 월간 문학지

07
19

헐뜯는 이들은 낙원에서도 흠을 찾아내려 할 것이다.

맺는말, 《월든(1854)》

환한 달빛과 살을 에는 듯한 바람이 있던 그토록 황량한 곳에서의 밤은 장엄할 정도로 단순했다. 천막 안은 땅거미가 내릴 때보다 더 어두웠고, 우리는 누운 채로 투명한 지붕을 통해 쉽게 달을 볼 수 있었다. 달이 여전히 머리 위에 있었고, 목성과 토성이 양쪽에서 와추셋산Mount Wachusett을 굽어보고 있었다. 우리의 운명만큼 손이 닿지 않는 높은 곳에 있는 두 별이 여전히 우리와 동행하고 있음을 알게 되어 흡족했다 (소로는 1842년 7월 19~20일에 마거릿 풀러의 동생 리처드와 와추셋산까지 걸어갔다).

《걸어서 와추셋산까지(1843)》

오후 8시 30분. 마을의 거리는 낮보다 여름 저녁 이 시간에 훨씬 흥미롭다. 이웃 농부들이 하루의 건초 작업을 마치고 물건을 사러 나와 거리에서 잡담을 나눈다. 이 집 저 집에서 악기 연주 소리와 노랫소리가 들린다. 주민들은 짧은 한두 시간을 현명하게 이용한다. 저녁은 시에 바쳐지는 시간이고, 마을 사람들은 이미 그 참된 가치를 알고 있다.

1851년 7월 21일의 일기

아침마다 안개가 자욱해지는 계절이 왔다. 무더위 때문에 생기는 현상 같다. 밤은 춥고 낮은 더워서 밤낮의 기온 차가 너무 커진 탓일까? 나는 소파에서 몸을 일으키기 전에, 강 위에 펼쳐진 신성한 안개가 나무들을 휘감고 있는 것을 본다. 음악적인 풍경이다. 마치 향기를 내뿜는 것 같다.

1851년 7월 22일의 일기

07
23

첫 여름이 끝나갈 무렵의 어느 날 오후였다. 구두 수선공에게 맡긴 신발을 찾으러 마을에 갔다가 붙잡혀 투옥되었다. 어느 사건에 연루되어 있었고, 세금을 내지 않았고, 상원 의사당 문 앞에서 남자와 여자, 아이들을 가축처럼 사고파는 국가의 권위를 인정하지 않았기 때문이다. 나는 그런 것들과는 다른 목적으로 숲에 들어갔다. 그러나 어디로 가든지, 사람들이 더러운 제도를 가지고 쫓아다니며 짓밟을 것이다(소로는 1846년 7월 23일 세금 미납으로 감옥에 갇혔다).

마을, 《월든(1854)》

이제까지 살아온 짧은 경험에서 보면, 나의 길을 가로막는 외부의 장애물은 살아 있는 사람들이 아니라 생명이 없는 제도들이었다. 만약 내가 투쟁하지 않고, 기도하지 않고, 세금을 내지 않고, 아무도 모르는 목초지에 관해 알린다 해도, 내 이웃은 나를 인정할 것이고 때로는 도와줄 것이다. 그러나 국가는 그렇지 않다(소로가 감옥에서 풀려난 그 다음 날의 일기다).

1846년 7월 24일의 일기

07
25

수선한 구두를 찾으러 구둣방에 가는 길에 투옥되었다. 나는 다음 날 아침에 풀려나와 부탁받은 심부름을 마친 다음, 수선한 구두를 신고 허클베리를 따러 가는 몇몇 사람들이 모인 자리에 갔다. 그들은 나에게 길을 알려달라고 했다. 그리고 말에 마구가 준비되어서, 30분 뒤에 3.2킬로미터쯤 떨어진 높은 언덕 위 허클베리밭 한가운데에 도착했다. 그곳에서는 국가를 찾아볼 수 없었다.

《시민 불복종(1849)》

갖가지 품질과 종류가 다른 포도주, 최고급 빈티지 와인도 사람과 동물의 입맛에 맞는 열매들의 껍질을 병에 담은 것이다. 인간은 친교를 할 때 고형 식품을 먹는 것 같지는 않다. 자연과 함께 소풍을 즐길 때도 마찬가지다. 일상적으로 마시는 술, 코디얼Cordial*, 포도주를 가져간다. 우리가 따서 먹는 것은 자연을 추모하기 위한 것이다. 성체를 먹는 성찬식이다. 우리에게 맛보라고 유혹하는 뱀도 없는 금지되지 않은 열매다.

1853년 7월 24일의 일기

* 코디얼Cordial 과일 농축액으로 물을 타서 달게 마신다.

07
27

봄은 물의 계절이다. 여름은 더위와 건조함의 계절, 겨울은 추위의 계절이다. 최근까지 번성했던 식물 종들이 사라졌다. 이제는 열대 지방 같은 풍경이다. 여름이 오래 지속되면 우리 땅은 열대의 면모를 갖출 것이다.

1853년 7월 24일의 일기

이달 중순에 계절이 정점에 이르렀다. 그전에는 한 해를 전망할 수 없었다. 그러나 첫 번째 맹렬한 더위가 지난 뒤, 우리는 이전에 품고 있던 많은 희망들을 접었다. 여름의 고비를 넘었으므로, 한 해의 오후라 할 수 있는 겨울로 향하는 긴 내리막길에 접어들었다. 엊저녁은 한결 시원했고, 가을을 알리는 귀뚜라미 소리도 들려왔다.

1854년 7월 28일의 일기

07
29

결국 인간은 자신이 목표로 삼은 것만을 이룬다. 그러므로 지금 당장 실패한다고 해도, 목표를 높이 잡는 게 좋다.

생활의 경제, 《월든(1854)》

나에게 망치를 주면 벽에 난 홈을 더듬어 보겠다. 접착제에 의존해서는 안 된다. 못을 단단히 박고 마무리를 철저히 하라. 그래야 밤에 잠에서 깨어 생각해도 낮의 작업이 만족스러울 수 있을 것이다. 뮤즈를 불러들이기도 부끄럽지 않은 작품이 될 것이다. 그렇게 할 때, 아니 그렇게 할 때에만 신이 당신을 도울 것이다. 당신이 박은 못 하나하나가 우주라는 기계 안에서 또 하나의 광두정廣頭釘*이 될 것이다. 그리고 당신은 그 작업을 계속할 것이다.

맺는말, 《월든(1854)》

---

* 광두정廣頭釘 대가리를 둥글넓적하게 만들어 장식 겸용으로 쓰는 못

07
31

개똥지빠귀는 플라톤이나 아리스토텔레스보다 훨씬 현대적인 철학자이다. 두 사람은 이제 도그마가 되었으나, 개똥지빠귀는 이 순간의 교리를 전한다.

1840년 7월 27일의 일기

또렷이 기억나는데, 내가 네 살 때 보스턴에서 이 숲과 밭을 거쳐 호수로 왔다. 태어난 곳으로 돌아온 것이다. 가장 오래된 기억 속에 박혀 있는 장면이다. 그리고 오늘 밤, 나의 플루트 소리가 메아리를 깨워 바로 저 호수 위로 울려 퍼진다. 나보다 나이가 많은 소나무들이 여전히 여기에 서 있다. 혹여 몇 그루가 넘어지면, 나는 그 그루터기로 저녁 식사를 지었다. 사방에서 새로운 나무들이 올라오고 있다. 갓 태어난 아기의 눈으로 보게 될 또 다른 장면을 준비하고 있다.

콩밭, 《월든(1854)》

08
01

이 작은 집에 훌륭한 남자와 여자들이 얼마나

많이 모여들었는지(1846년 8월 1일 소로는 월든 하

우스에서 '노예제도를 반대하는 콩코드 여성회'를 열

었다).

손님들, 《월든(1854)》

내 집에는 손님이 많이 온다. 그러나 아침 시간에는 아무도 방문하지 않는다. 몇 가지 비유를 들어서 내 상황을 설명할 수 있을 것이다. 나는 호숫가에서 큰 소리로 웃어대는 아비새만큼, 혹은 월든 호수 자체만큼 외로울 뿐이다. 저 외로운 호수에게 도대체 어떤 친구가 있을까? 나는 그저 초원에 핀 한 송이 우단동자꽃이나 민들레, 콩잎, 수영, 말파리, 호박벌만큼 외로울 뿐이다. 나는 그저 밀브룩이나 풍향계, 북극성, 남풍, 4월의 소나기, 1월의 해빙기, 새로 지은 집에 나타난 첫 번째 거미만큼 외로울 뿐이다.

고독, 《월든(1854)》

한 해의 후반기에 접어들었다. 매끄러운 지표 면과 그늘진 바위 턱이 번갈아 나타나는 울퉁불퉁한 내리막길의 시기가 시작되자, 봄을 향해 가던 때보다 훨씬 많은 빛과 열이 반사되는 (적게 흡수되는) 것 같다. 한여름에 우리는 거의 땅에 속해 있었고, 땅과 구별되지 않았고, 흙먼지로 뒤덮여 있었다. 이제 우리는 어느 정도 몸을 일으켜 지표면 위를 걷기 시작한다. 나는 예전의 나만큼 지난 세월을 떠올리지 않는다.

1854년 8월 7일의 일기

소나무가 어떻게 생존하고 자라서 첨탑처럼 뾰족해지는지, 어떻게 햇빛을 향해 늘 푸른 가지를 들어 올리는지, 그 완벽한 성취를 보려고 숲에 오는 이들은 매우 적다. 이상한 일이다. 사람들 대부분은 시장에서 팔기 위해 널빤지 형태가 된 소나무를 보는 것만으로 만족한다. 그것을 나무의 진짜 성취라고 여긴다! 그러나 소나무는 사람과 마찬가지로 목재가 아니다. 소나무를 베어서 죽은 소나무가 되면, 마치 시신이 사람이 아닌 것처럼 더는 소나무가 아니다. 모든 피조물은 죽은 상태보다 살아 있는 상태가 더 좋다. 사람과 큰사슴과 소나무가 다 그렇다. 그 사실을 제대로 이해하는 사람은 생명을 파괴하기보다는 보존하려 할 것이다.

《메인 숲(1864)》

한창 풀을 베어 말리는 계절이 왔다. 거의 모든 목초지나 초원마다 대여섯 명의 사람들이 한 구석에서 무리를 지어 풀을 베고 갈퀴질을 하고 있다. 허리를 구부린 채 규칙적이고 우아한 동작으로 힘쓰는 일을 하다가 그늘에서 쉬기도 한다. 소년들은 풀이 햇볕을 잘 받도록 뒤집어 놓고 있다. 오늘 나는 목초지를 지나치면서 예순 명에서 백 명쯤 되는 사람들이 일하고 있는 것을 보았다. 일꾼들이 땅의 경계를 넘어가지 않도록 잎이 달린 나뭇가지를 강둑에 꽂아 표시해 놓았다. 강 언저리로 노를 저어 가면서 나는 사람들이 낫으로 수초를 사각사각 베어 내는 소리를 듣는다.

1854년 8월 5일의 일기

밭에서 허클베리를 따던 사람들이 쫓겨났다는 소식을 듣는다. 그리고 그곳에 세워진 푯말에 허클베리 채취를 금지한다는 경고문이 적힌 것을 본다. 밭에 들어와 딸 수 있는 만큼 따 가라고 허락하는 이들도 있다. '전원의 영광이 사라졌도다.' 이토록 사악한 날들이 오기 전까지 우리는 삶의 어떤 부분에 대해 충분히 감사하지 못한다. 시골 생활에서 진정으로 소중한 것은 무엇일까? 시장에서 가서 허클베리를 사야만 한다면? 지구의 야생 열매들은 문명 앞에서 사라지거나, 아니면 큰 시장에 가야만 볼 수 있게 될 것이다. 이제는 시골 전체가 시내 아니면 삭막한 공유지가 되어 가고, 남아 있는 것이라고는 얼마 안 되는 들장미 열매와 산사나무 열매들뿐이다.

1858년 8월 6일의 일기

만약 어떤 친구가 처음으로 이 세상에 발을 딛는 시간을 내가 골라 줄 수 있고, 그의 모든 감각이 완전히 기능하고 있다면, 아마도 나는 태양이 서쪽으로 지는 화려한 순간을 고를 것이다. 비 온 뒤 투명해진 공기 속으로 빛이 멀리 퍼져 가고, 찬란한 무지개가 지금처럼 동쪽 하늘에 아치를 그리는 시간을. 그러면 그는 이 세상을 살기에 천박한 곳이라 여길까, 존재에 염증을 느끼게 하는 곳, 경박과 방탕에 삶을 탕진하라고 강요하는 곳이라 여길까? 한 세상에서 다른 세상으로 여행하는 사람이 그러한 순간에 이 세상을 지나가게 되면, 그는 이곳에 정착하고 싶은 유혹을 느끼지 않을까?

1852년 8월 7일의 일기

누웠더니 두 눈과 밤하늘의 별 사이에 아무것도 없고 다만 우주 공간뿐이라서 별이 가장 가까운 이웃으로 보인다면, 누군들 이런 상황에서 잠들 수 있을까. 별들이 낯설든 익숙하든, 다른 세상에 있든, 단지 이 세상의 장식품에 지나지 않든, 상관없이 말이다. 내가 자리에 앉자 밝은 별 하나가 나무줄기 뒤로 사라졌다. 나의 우주가 움직이고 있음을 증명한 것이다. 진자의 회전보다 나에게 더 유용한 증거였다. 나는 쏙독새가 홀로 우는 소리를 듣는다. 그리고 이제 별은 나무의 반대편에서 모습을 드러낸다. 나는 이 자리를 떠나야 한다.

1851년 8월 8일의 일기

08
09 작은 열매들이 열리는 계절이다. 나 또한 이제
몇 달 동안 열매들을 맛있게 익혀서, 내 나름의
맛으로 세상과 소통할 수 있으리라 믿는다.

1853년 8월 9일의 일기

전혀 중요하지 않은 일을 관찰하거나 발견하는 사람은 없다. 다만 자신을 놀라게 했던 그 사실이 준 기쁨을 사람들에게 알리는 것이다. 그 힘 덕분에 모든 발견은 기념된다.

1852년 8월 8일의 일기

우리가 아무런 방해물 없이 하늘과 마주하며 낮과 밤을 더 많이 보낼 수 있었더라면, 만약 시인이 지붕 아래에서 말을 많이 하지 않았더라면, 성자가 지붕 아래에서 길게 머물지 않았더라면, 그랬더라면 좋았을지도 모른다. 새들은 동굴에서 노래하지 않고 비둘기도 비둘기장 안에서는 순수함을 지키지 않는다.

생활의 경제, 《월든(1854)》

08
12
언제부터인가 낮이 눈에 띄게 짧아졌다. 저녁
에 음악을 들어야 할 때다.

1851년 8월 12일의 일기

허클베리를 한 번도 따보지 않은 사람이 그 맛을 안다는 것은 얼토당토않다. 허클베리는 보스턴까지 갈 수 없다. 그곳 사람들은 그 열매를 알지 못한다. 허클베리는 도시 주변 세 군데 산에서 자라기 때문이다. 그 열매의 향기롭고 본질적인 부분은 시장의 운반 수레 속에서 떨어져 나가는 꽃들과 함께 사라진다. 그리고 그저 먹거리가 될 따름이다.

호수, 《월든(1854)》

자연의 모든 것이 언어를 통해 시인에게 영향을 미치는 것은 아니다. 꽃이나 다른 사물을 보고 아름다움을 느끼거나 감정이 일어나는 이유는 꽃이나 사물이 곧 시인의 사유를 상징하기 때문이다. 어렴풋이 느끼고 감지하던 것이 다른 유기체의 모습으로 완성되어 있기 때문이다. 내가 바라보는 사물은 내 기분에 상응하게 된다. 지난주는 유난히 축축했고, 이제 세상에는 곰팡이가 흩뿌려져 있다. 세상이 온통 곰팡이다. 숲에 커다란 독버섯이 돋아났다.

1853년 8월 7일의 일기

08
15

사람이 성장하려면 자신이 무지하다는 것을 늘 기억해야 한다. 하지만 그렇게 자주 자신의 지식을 써먹으면서 어떻게 무지하다는 것을 기억할 수 있을까?

생활의 경제, 《월든(1854)》

08
16

꽃의 계절 혹은 약속의 계절은 끝난 것 같다. 이제는 결실의 계절이다. 그러나 우리의 열매는 어디에 열렸나? 모든 자연이 우리를 독촉하고 나무란다. 벌써 얼마나 많이 뒤처지기 시작한 것인지!

1853년 8월 18일의 일기

08
17

숲속에서 바람이 부는 소리를 들으면 심장이 두근거린다. 바로 어제까지 내가 지나온 삶은 혼란스럽고 얄팍했으나 불현듯 영혼과 영성을 되찾는다. 바람 부는 소리를 들으며. 아! 내가 이렇게 살 수 있다면, 모든 삶에서 혼란의 순간이 사라질 텐데! 작은 열매들이 익어 가는 짧은 계절에 나의 열매도 익어 갈 수 있을 텐데! 내 기분은 언제나 자연과 어울릴 수 있을 텐데! 자연의 특별한 어느 부분이 번성하는 계절마다 나의 일부도 그에 맞춰 번성할 수 있을 텐데!

1851년 8월 17일의 일기

어젯밤 노스강North River에 배를 띄우고 플루트를 불었다. 내가 연주하는 음악이 굽이쳐 흐르는 물결 위로 낭랑하게 울려 퍼졌다. 바위에서 바위로 물길이 흐르듯, 한 음정에서 다음 음정으로 흘러갔다. 나는 플루트에서 이미 흘러 나간 선율은 듣지 못했다. 플루트 속으로 숨을 불어 넣기 전, 원래의 선율이 먼저 소리 나고 메아리가 그 뒤를 따른다. 나머지는 바위와 나무와 짐승들에게 베풀어지는 특혜이다.

1841년 8월 18일의 일기

08
19

날씨가 시원해졌다. 지난 일요일은 무더위에 시달렸고, 뉴욕에서는 더위 때문에 사람 백 명이 죽었다. 오늘은 마을에 불이 났다. 비가 내리고 나서 밤에는 바람이 불더니 이제 날이 개어 서늘하다. 나는 집 안에 앉아 글을 쓰며 쉬려고 했다. 그러나 동물 같은 활기를 북돋고 온몸을 움직이며 기분 전환이 될 만한 일을 하는 게 나을 것 같다.

1853년 8월 19일의 일기

08
20

어떤 곳에 아주 오래 살았던 사람의 눈에 띄지 않는 것을 공정한 눈으로 사물을 보는 여행자는 알아차릴지도 모른다.

1851년 8월 20일의 일기

8월의 그리 거칠지 않은 비바람이 불던 시기에 이 작은 호수는 소중한 이웃이었다. 공기와 물은 잠잠한데, 하늘은 구름으로 뒤덮이고, 오후 서너 시쯤부터 이미 저녁 무렵처럼 고요하던 때, 호숫가 여기저기에서 개똥지빠귀 노랫소리가 울려 퍼지곤 했다.

내가 살았던 곳, 내 삶의 목적, 《월든(1854)》

방향을 염두에 둔다면, 걷기는 과학일 수 있다. 나는 다시 그레이트 메도스 Great Meadows를 향한다. 유난히 건조한 이 계절을 견디기 위해 나는 평소에 갈 수 없는 곳으로 걸어간다. 특정한 계절에 가 보면 가장 유익하고 즐겁게 지낼 수 있는 장소가 반드시 있다. 어떤 계절이 어떤 장소에 맞을지 생각해 볼 만하다.

1854년 8월 22일의 일기

계절이 흘러가는 대로 살아라. 그 공기를 호흡하고, 그 음료를 마시고, 그 열매를 맛보고, 그 영향력에 자신을 맡겨라. 모든 자연은 우리를 건강하게 만들기 위해 매 순간 최선을 다하고 있다. 자연에는 다른 목적이 없다. 저항하지 말라. '자연'은 건강을 뜻하는 또 다른 이름이고, 계절들은 건강의 각각 다른 상태일 뿐이다. 어떤 이들은 봄에, 여름에, 가을에, 혹은 겨울에 몸이 별로 좋지 않다고 생각한다. 그 계절 속에서 잘 지내지 못하기 때문이다.

1853년 8월 23일의 일기

한 해는 그저 하루하루가 이어지는 것이다. 날마다 해야 할 일을 조금씩 나누어 하고, 그것이 모여 한 해의 역사가 된다는 것을 나는 안다. 모든 일에는 제철이 있으며, 여분의 시간은 없다. 새들은 계절에 맞게 알을 품고 부화시킨 뒤 떠난다. 며칠 전 때까치가 새끼들에게 먹이를 물어다 주던 둥지를 들여다보니 이미 텅 비었다. 나는 법을 배워서 모두 날아간 것이다.

1852년 8월 24일의 일기

눈앞에 펼쳐진 강과 언덕들, 마치 상형 문자 같지 않은가? 공기 속에는 활력을 불어넣어 주는 상쾌함이 있다. 지표면 위로 불어오는 진짜 바람 속에서 나는 그것을 민감하게 느낀다. 나는 눈으로 세상을 보고, 창가로 다가가서 신선한 공기를 느끼며 호흡한다. 가장 내면적인 경험을 할 때와 마찬가지로 눈부시게 아름다운 일이다.

1852년 8월 23일의 일기

수심을 재 보려는 노력이 없었다면 사람들은 얼마나 오랫동안 호수의 깊이가 무한하다고 믿었을까? 나는 장담할 수 있다. 월든 호수는 흔치 않지만 터무니없지는 않은 깊이에 적당히 단단한 바닥이 있다. 모든 호수가 얕기만 하다면 어떨까? 인간 정신에 반응할 수 없지 않을까? 나는 이 호수가 하나의 상징으로 깊이 있고 순수하게 만들어진 것에 감사한다.

겨울 호수, 《월든(1854)》

월든 호수로 가서 수온을 잰다. 월든의 바닥 쪽 물은 맑은 샘만큼 차갑다. 아마도 지구의 평균 온도와 같을 것이다. 그러면 월든은 샘물이라고 해야 옳겠지만, 출구가 없으니 오히려 우물에 가깝다. 월든은 지구의 온도가 변하지 않는 곳까지 닿아 있다. 그저 겉으로 드러난 수면이 호수의 전부가 아니고, 지표면에만 속해 있는 것도 아니다. 더 깊이 들어간다.

겨울 호수, 《월든(1854)》

08
28

시인은 끝내 자신의 기분을 지켜보는 사람이다. 늙은 시인은 고양이가 쥐를 지켜보듯 아슬아슬하게 자신의 기분을 지켜본다.

1851년 8월 28일의 일기

08
29
며칠 전부터 아침 일찍 도리깨질하는 소리가 들린다. 그럴 때마다 내가 농부처럼 봄과 여름을 부지런하게 지냈는지, 그래서 경험의 풍부한 낟알을 수확했는지 스스로 묻게 된다. 만약 그렇다면 내가 도리깨질하는 소리는 들을 귀가 있는 이들에게 들릴 것이다. 그들은 가을과 겨울 내내 알곡과 겨를 골라낼 것이고, 그 소리 또한 지금 못지않게 즐거울 것이다. 가뭄이 농사를 망쳤다고 해도, 모든 수확이 실패로 돌아가지는 않도록 하자.

1854년 8월 29일의 일기

모든 곳이 정원이나 경작지, 수확하기 위한 곳은 아니라고 본다. 미들섹스 카운티Middlesex County에 있는 몇 제곱로드의 땅은 수천 년 전과 같이 순수하게 원시적인 야생 상태이다. 쟁기와 도끼, 낫 그리고 크랜베리 수확에서 제외된 곳이다. 문명이라는 사막 속에서 야생인 채로 남은 작은 오아시스다. 달에 있는 몇 제곱로드의 황무지처럼(로드는 측량 단위이며, 약 5미터 길이이다).

1856년 8월 30일의 일기

사람들은 저녁 식사를 하면서 고요하고 신성한 시간을 희생시킨다. 관습 때문에 정오에서 출발한 길과 저녁에 이르는 길이 서로 만나는 지점인 해 질 무렵이 하찮아졌다. 우리가 집 밖에서 해가 지고 별이 뜨는 풍경을 보면서 식사를 한다면, 함께 가슴이 설레는 두 사람이 있다면, 사람들이 우주나 세상의 아름다움을 정말로 귀하게 여긴다면, 숭고하고 드문 의미로 사람들이 친교를 나눈다면, 훨씬 더 좋을 것이다.

1851년 8월 31일의 일기

9월

September

남성과 여성이 성인이 되고 나서도 계속 교육 받을 수 있는 특별한 학교가 생겨야 할 때이다. 마을은 대학이 되어야 하고, 연장자인 주민들은 여유 시간에 연구를 즐기며 지내야 한다. 만약 그렇게 지낼 수 있으면, 인문학을 공부하며 여생을 보낼 수 있을 것이다. 이 세상의 대학은 영원히 파리나 옥스퍼드에만 있어야 할까? 학생들이 콩코드의 하늘 아래 머물면서 인문학 교육을 받을 수는 없을까?

독서, 《월든(1854)》

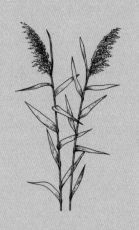

09
01
식물학자가 보스턴에서 서쪽으로 더 들어가 있는 내륙의 야생 식물들에 대해 알려 주었다. 자연과 인디언들이 선호하는 지역일 것이다. 동쪽 땅보다 서쪽 땅이 원래 더 야생에 가깝기 마련이다.

1856년 9월 2일의 일기

신체와 감각은 반드시 정신과 서로 통해야 한다. 머리가 유난히 건조하다고 느낄 때는 촉촉해지게 만들어야 한다. 글을 쓰는 작가는 자연을 대필하는 것이다. 그는 글을 쓰는 옥수수이자 풀이며 대기이기도 하다. 총체적 인간으로 지각하여야 하고, 지각한 것은 뭐든지 기록될 것이다. 기록은 시가 될 것이다.

1851년 9월 2일의 일기

09
03

어떤 이유로든 내가 살아가는 방식을 다른 누군가가 따르기를 바라지 않는다. 서로 다르게 살아가는 사람들이 이 세상에 가능한 한 많기를 바라기 때문이다. 개개인이 아버지나 어머니 혹은 이웃의 방식이 아니라 자신만의 방식을 세심하게 찾아내어 추구했으면 한다.

생활의 경제, 《월든(1854)》

09
04
모든 지혜는 의식적이든 무의식적이든 자기 수련에 대한 보상이다. 경건함을 함양하라.

1851년 9월 5일의 일기

식물들과 마찬가지로 우리도 당연히 공기에서 기운을 얻어 살아간다. 한 해 동안 계절에 따라 달라지는 공기에서 다양한 기운을 얻는다. 그렇게 활기찬 기운을 얻는다는 사실을 얼마나 자주 느끼는지! 훌륭한 음식처럼 섭취할 수 있는 공기를 만드는 데 모든 자연이 기여한다. 윌킨슨Wilkinson*은 이렇게 말한다. "이렇게 지구가 녹아들어가 있는 공기를 마시는 것은 폐가 주관하는 일이다."

1851년 9월 5일의 일기

* 제임스 존 가스 윌킨슨James John Garth Wilkinson (1812~1899)
영국의 동종 요법 의사이자 사회 개혁가

처음 숲에 들어갈 때처럼 마땅한 이유가 있어 나는 숲을 떠났다. 나는 다른 몇 가지 방식의 삶을 더 살아야 할 것 같았다. 지금까지의 삶에는 더 내줄 시간이 없었다(소로는 1847년 9월 6일 월든 호수에서 떠났다).

맺는말, 《월든(1854)》

오늘 오후를 어떻게 보내야 할지 알려 줄 만한 책의 구절이 전혀 떠오르지 않는다. 시간을 어떻게 절약할 수 있고, 그래서 어떻게 부자가 되고, 하루를 헛되이 보내지 않을 수 있는지, 나는 그런 것은 별로 알고 싶지 않다. 내가 할 일은 자연에서 신을 찾고, 신이 숨어 있는 장소를 알아내고, 자연에서 벌어지는 모든 오라토리오와 오페라에 참석하고자 늘 깨어 있는 것이다.

1851년 9월 7일의 일기

집에 돌아오면, 손님들이 들렀다가 남기고 간 카드나 꽃다발, 상록수 화환, 혹은 연필로 이름을 적은 노란 호두나무 잎이나 나뭇조각을 발견한다. 숲에는 거의 들르지 않던 사람들이 오는 길에 자연의 사물들을 주워서 가지고 놀다가 우연히 또는 일부러 남기고 간 것들이다. 껍질 벗긴 버드나무로 고리를 만들어 탁자 위에 두고 간 사람도 있었다.

고독, 《월든(1854)》

같은 지역에서 서로 다른 식물을 찾을 때는 눈의 의도가 달라야 한다. 예를 들어 골풀과 식물(등심초)과 볏과 식물(잔디) 같은 경우, 등심초를 찾고 있을 때 잔디는 내 눈에 보이지 않는다. 그러니 다른 영역의 지식에 집중하려면 눈과 마음의 의도가 얼마나 달라져야 하는지! 시인과 박물학자는 사물을 얼마나 다르게 보는 건지! 사람은 오직 자기가 관심 있는 것만을 본다.

1858년 9월 9일의 일기

분명히 이 땅은 사람이 살기에 적합하다. 어린 싹들이 여기저기 돋아나는 곳에서는 희망을 품고 많은 일을 벌일 수 있을 것이다. 지난봄 나는 수백 에이커의 땅에 불을 내어 그 땅을 시커멓고 황량하게 만들고 말았다. 하지만 여름이 되자, 그곳이 주위보다 더 신선한 녹색으로 뒤덮였다. 그러니 사람이 절망할 수 있을까? 사람도 이처럼 말라 죽고 시들어 버린 뒤에도 싹이 돋는 게 아닐까?

1851년 9월 10일의 일기

미국은 자유의 전투가 치러지는 경기장이라고
들 한다. 단순히 정치적으로 자유로워지는 것
만 의미하는 것은 아니다. 조지 왕으로부터는
자유로워졌어도 편견이라는 왕의 노예로 계속
살아가게 되는 것은 무엇 때문일까? 자유롭게
태어났으나 자유롭게 살지 못하는 것은 무엇
때문일까? 정치적 자유가 도덕적 자유를 위한
수단이 아니라면 무슨 가치가 있을까?

《원칙 없는 삶(1863)》

내 일기에 기록된 한 해와 다른 해의 차이가 이렇게 크다는 게 믿어지지 않는다. 작년의 이달 11일에는 강물의 수위가 봄의 평균 수준보다 높았다. 물이 코너 로드 둑 위로 넘쳤다. 하지만 지금은 수위가 훨씬 낮다. 작년 10월 9일에 코나툼 지역에는 싱싱한 허클베리가 많았다. 하지만 올해는 벌써 시들어버렸다.

1851년 9월 12일의 일기

산책할 때는 감각을 더 자유롭게 풀어 주어야 한다. 꽃과 돌, 별과 구름을 유심히 보는 것도 좋지 않다. 생각을 풀어놓듯 감각도 그냥 두어야 한다. 일부러 들여다보지 말고 그냥 보아야 한다. 잘 보려면 유심히 들여다보아야 한다고 칼라일Carlyle*은 말했지만, 나는 오히려 무심히 보라고 말하고 싶다. 들여다볼수록 잘 못 보게 된다. 나는 지나치게 주의를 집중하는 습관이 있어서 감각이 쉬지 못한다. 항상 긴장에 시달린다. 들여다보는 일에 집착하지 말라. 대상에게 다가가지 말고 그것이 다가오도록 하라. 유심히 보지 말고 눈이 산책할 수 있게 두어야 한다.

1852년 9월 13일의 일기

---

* 토머스 칼라일Thomas Carlyle(1795~1881) 물질주의를 비판한 영국의 비평가이자 역사가

기대하지 않았는데 뒤늦게 피어나는 꽃들이라니! 당신은 자연이 한 해를 마무리 지었다고 생각했을 것이다. 길가에 작은 나뭇가지와 나뭇잎 하나까지 이제 다 알고 있으며, 더는 찾아낼 게 없다고 생각했을 것이다. 그러다가 작은 별들이 도랑에 가득 차 있는 것을 보고 놀란다. 수많은 별들이 길 양쪽에 매복해 있던 군단들처럼 갑자기 당신 눈앞에 나타났다. 꽃이 한가득 피어난 도랑을 여행자들의 생각이라고 불러라. 작지만 적어도 한 푼의 값어치는 있는 수많은 꽃을. 그것은 빛나는 별똥별의 소나기이자 은하수이고, 우리가 지나갈 수 있게 꽃이 활짝 피어 있는 왕국의 길이다.

1856년 9월 14일의 일기

우리는 날이 밝기 훨씬 전에 잠에서 깨어 강물이 흐르는 소리와 나뭇잎이 바스락거리는 소리에 귀를 기울이고 누워 있었다. 바람이 물결과 같은 방향으로 불어올지 거슬러 불어올지, 그게 우리의 항해에 도움이 될지 그렇지 않을지 걱정하면서. 소리에 귀를 기울이면서 이미 상쾌한 가을 날씨로 변해 가고 있음을 감지했다. 숲속에서 부는 바람 소리는 바위 사이로 포효하며 떨어지는 폭포 소리 같았다. 우리는 기상 활동이 평소와는 다름에 들떠 있었다. 그날 밤은 계절이 바뀌는 전환점이었다. 잠자리에 들 때는 여름이었으나 잠에서 깨어나니 가을이었다. 상상할 수 없는 시간의 어떤 지점에서 나뭇잎이 물들 듯 여름은 가을로 변했다(어젯밤 헨리와 존 소로가 배를 타고 강을 여행했던 것을 회상하면서, 1839년 9월 15일).

《콩코드강과 메리맥강에서 보낸 일주일(1849)》

아침에 잠에서 깼을 때, 어제 과일을 지나치게 많이 먹은 것을 후회했다. 분별없는 행동이었다. 사람은 악기처럼 다루어야 한다. 견고한 나무로 만든 비올^{Viol}* 악기는 항상 잘 조율되어 있어야 활로 연주할 때 완벽한 화음으로 소리 낸다. 섬세한 영혼은 언제나 자신의 현이 잘 조율되어 있는지 살피려고 노력한다.

1853년 9월 12일의 일기

* 비올^{Viol} 16~18세기 유럽에서 쓰인 바이올린과 비슷한 현악기

머리 위나 주위를 가리는 벽 없이 모닥불 앞 전나무 가지에 걸터앉았다. 자연 그대로인 땅이 얼마나 멀리까지 펼쳐져 있는지 가늠해 보았다. 곰이나 큰사슴이 혹시 내가 피운 모닥불 불빛을 보고 있지나 않을까 궁금해졌다. 큰사슴을 죽인 것을 추궁하는 듯, 자연이 엄한 눈길로 이곳을 굽어보고 있었다(1853년 9월 17일 큰사슴을 사냥해 죽이는 일에 소로도 끼어 있었다).

《메인 숲(1864)》

책을 출판하는 비용이 너무 많이 든다면, 작가는 차라리 원고를 금고에 넣어 두는 편이 낫지 않을까?

1855년 9월 14일의 일기

09
19

되새가 지저귀는 소리를 들어 보라. 그러나 지금 새들의 노랫소리는 얼마나 보람 없는지! 우리는 마치 들리지 않는 것처럼 그 노랫소리를 듣고, 바로 잊어버린다. 새들의 노랫소리는 봄과 어우러지는 것처럼 느껴지지만, 늘 그렇듯 우리 마음속에 오래 울려 퍼지지 않는다. 대기가 이런 음악에 유리한 상태가 아닌 것 같기도 하다. 모든 음악가는 분위기가 얼마나 중요한지 잘 안다.

1858년 9월 19일의 일기

천문학자가 하늘의 별을 관찰하듯, 시인은 마음의 상태를 계속 주시하고 있어야 한다. 긴 삶을 지혜롭고 충실히 보낸다면 언젠가는 기대하던 것을 찾아내지 않을까? 가장 겸손한 관찰자가 떨어지는 별 몇몇을 보게 될 것이다. 별이 나의 마음이나 당신의 마음 어디로 찾아오든, 유성이 내 밭이나 당신의 밭 어디로 떨어지든 중요하지 않다. 그것이 천상에서 왔다는 것만이 중요하다.

1851년 8월 19일의 일기

사람들이 칭찬하는 나의 작은 성공은 모두 나의 악덕에서 비롯된 것 같다는 생각이 들 때가 있다. 나는 다른 이들보다 완고하고, 목적을 이루기 위해서 많은 것들, 심지어 다른 사람의 행복마저도 희생시켰다. 악덕이 어느 정도 돕지 않는다면 어떤 훌륭한 일도 성취할 수 없는 것 같다.

1854년 9월 21일의 일기

사랑에 빠졌을 때 우리는 자신의 가장 좋은 점들, 대체로 열망 속에서 흩어지거나 사라져 버리는 것들을 가장 미묘하고 대수롭지 않은 생각과 태도로 전달한다. 그러나 그런 것들이 서로를 풍요롭게 한다. 사랑하는 사람만이 특정한 사람의 향기를 느끼고 그 속에 머문다. 그에게 사람은 꽃일 뿐 아니라 향기이며 정취이다.

1852년 9월 22일의 일기

다음 여름에는 콩과 옥수수를 너무 애써서 심지 않을 것이라고 다짐했다. 성실함, 진실, 소박함, 믿음, 순수함과 같은 것들을 심을 것이다. 그 씨앗들을 잃어버리지만 않는다면, 수고로운 노동을 덜해도 그것들이 이 땅에서 자랄 수 있는지, 그래서 나를 지탱할 수 있는지 보겠다. 물론 이 땅이 그러한 씨앗이 자라지 못할 만큼 황폐하지는 않을 것이다.

콩밭, 《월든(1854)》

09
24

자신의 목표가 언제 어디에 있는지 찾으려면, 오랜 세월 동안 자연을 가까이해야 한다. 자연은 항상 어느 정도 예측해야 하기 때문이다. 사냥꾼이 물떼새를 언제 찾아야 하는지 아는 것처럼, 한 해의 어느 시기에 어떤 생각과 기분을 기대할 수 있는지 알게 될 것이다.

1859년 9월 24일의 일기

도요새나 멧도요새 같은 평범한 사냥감을 쏘아
떨어뜨리려 해도 명사수가 필요하다. 그렇지
않은가. 반드시 구체적인 표적을 정하고 무엇
을 맞춰야 하는지 알아야 한다. 아름다움을 쏘
아 맞추는 일도 마찬가지다. 그것이 나타나는
계절과 장소를 미리 알아 두지 않으면, 그 날개
의 색깔을 알지 못하면, 하늘이 무너질 때까지
기다린다고 해도 아무것도 잡지 못할 것이다.
아름다움에 대해 꿈꾼 적이 없다면, 한 걸음 내
디딜 때마다 그것을 날려 보내게 될 것이다.

《가을의 빛깔(1862)》

내가 어떻게 땅을 모를 수 있을까? 잎사귀와 채소들이 나의 일부를 이루고 있지 않나?

고독, 《월든(1854)》

09
27

콩코드의 옥수수밭에서 북서쪽에 있는 산 정상을 바라볼 때, 그것과 나 사이에 놓인 모든 생명에 대해 내가 얼마나 아는 게 없는지 깨닫는다. 구석진 시골 농가, 외따로 떨어진 방앗간, 나무가 우거진 계곡, 돌이 많은 황량한 목초지, 새로 개간한 벌거벗은 산기슭, 원시림 사이로 굽이쳐 흐르는 강물! 이 모든 것들을 내가 얼마나 대강 지나치는지. 산 정상에는 내 시선이 가 닿지 않을 수 없다. 그러나 보지 못하는 게 얼마나 많은가, 저 정상과 나 사이에 놓여 있는 것들을!

1852년 9월 27일의 일기

저녁노을을 볼 때마다 나는 서쪽 저 멀리 태양
이 지는 곳까지 가 보고 싶은 열망이 솟아오른
다. 태양은 매일 서쪽으로 이주하면서 그 뒤를
따르라고 우리를 유혹한다.

《걷기(1862)》

망원경이나 현미경을 통해 본 모든 것은 순수
한 환영이라고 말할 수 있다. 그것은 다른 감각
은 빼놓은 채 오직 시각으로만 본 것이고, 온전
한 한 사람이 본 것이 아니기 때문이다. 무엇인
가를 보고 있는 사람은 당연히 그 대상과 같은
곳에 있다고 간주된다. 이처럼 생각해 보면, 망
원경이나 현미경을 통해 보는 것은 보고 있는
사람과 대상이 다른 자리에 있는 방식이므로
분열된 것이라 할 수 있다.

1854년 9월 29일의 일기

09
30

화물 열차가 덜컹거리면서 곁을 지나갈 때, 상쾌하게 가슴이 탁 트이는 것 같다. 나는 롱워프Long Wharf에서 챔플레인 호수Lake Champlain까지 늘어서 있는 가게들에서 뿜어져 나오는 냄새를 맡는다. 그러면 외국의 지역들, 산호초들, 인도양, 열대 기후 그리고 세계의 광활함을 연상하게 된다.

소리, 《월든(1854)》

10월

October

10월은 응답이다. 인간의 삶에서 일시적인 기분에 좌우되지 않고, 모든 경험이 지혜로 익어가면서 오직 그의 뿌리, 가지, 잎 모두가 성숙함으로 빛나게 되는 시기다. 봄과 여름을 지나오며 그가 했던 일들이 드러난다. 그는 열매를 맺는다.

1853년 11월 14일의 일기

이제 10월 초가 되면, 혹은 그보다 조금 더 지나면 느릅나무는 가을의 아름다움을 보여 주며 절정에 이른다. 9월의 화덕에서 따뜻한 황갈색으로 갓 구워진 나무들이 도로에 빽빽이 늘어설 것이다. 느릅나무 잎사귀들이 한껏 무르익는다. 그 나무 아래에 살아가는 사람들의 삶에도 그것에 상응하는 성숙함이 있을지 궁금하다.

《가을의 빛깔(1862)》

풍경화 화가는 길을 나타낼 때 사람의 형상을 그려 넣는다. 그러나 나의 형상을 사용하지는 못할 것이다. 나는 마누Manu*, 모세Moses, 호메로스Homer, 초서Chaucer 같은 옛 선지자나 시인들이 걸어 들어갔던 자연으로 걸어 들어간다. 당신은 그곳을 아메리카라고 부를 수도 있지만, 그곳은 아메리카가 아니다. 아메리고 베스푸치Americus Vespucius**도, 콜럼버스Columbus도, 그 땅을 발견한 사람은 그 누구도 아니다.

《걷기(1862)》

* 마누Manu 힌두교에서 일컫는 최초의 인간이자 최초의 사제
** 아메리고 베스푸치Americus Vespucius(1454~1512) 이탈리아의 항해사이자 신대륙 초기 탐험자

10
03

봄이나 가을에 비바람이 오래 이어지는 시간이 내가 가장 즐거워하는 때이다. 오전뿐 아니라 오후에도 집 안에 틀어박혀서, 끊이지 않고 포효하며 쏟아지는 빗소리에 마음을 달랜다. 이른 황혼 뒤에 이어지는 긴 저녁에는 많은 생각이 뿌리를 내리며 펼쳐지곤 했다.

고독, 《월든(1854)》

배운 것을 모두 잊어야 우리는 비로소 알기 시작한다. 학식 있는 사람에게 자연의 사물에 대한 설명을 들어야 한다고 전제하는 한, 머리카락 한 올 만큼도 그 사물과 가까워지지 못한다. 무엇인가를 완전히 이해해서 알려면, 전혀 낯선 것이라 여기면서 수천 번은 다가가야 한다. 양치류에 대해 잘 알려면 식물학은 잊어야 한다. 당연하게 여길 것은 아무것도 없다.

1859년 10월 4일의 일기

우리가 침목을 가져와 레일을 놓으며 밤낮으로 일에 몰두하지 않고, 우리의 삶을 개선시킨다며 오히려 땜질만 하려고 나선다면, 누가 철도를 건설할 것인가? 만약 철도가 건설되지 않는다면, 어떻게 우리가 제때 천국으로 갈 수 있을까? 집에 머물러 제 앞가림에만 바쁘다면, 누가 철도를 원하기나 할까? 우리가 철도 위를 달리는 게 아니라 철도가 우리 위로 달리는 것이다.

내가 살았던 곳, 내 삶의 목적,《월든(1854)》

철학자가 되는 것은 복잡한 사상을 갖거나 학파를 세우는 게 아니다. 단순하고 독립적이며 관대하고 신뢰할 수 있는 드문 삶, 모든 사람이 마땅히 그렇게 살아야 할 삶을 사는 것이다.

1845~46년, 가을~겨울의 일기*

지금 어떤 어린 소녀를 보고 보라색 핀치새 혹은 미국홍방울새를 떠올렸다. 그 새들은 이즈음 남쪽으로 날아간다. 새들을 떠올리니 소나무와 가문비나무, 노간주나무와 삼나무도 생각난다. 새들은 그 열매를 먹는다. 열매들은 10월의 저녁 같은 진홍빛을 띠고 있고, 새들의 깃털에는 그 빛깔이 배어서 남아 있는 것처럼 비친다. 내가 잊고 있던 많은 것들을 떠올리게 한다. 고요한 많은 저녁이 새들의 날개 아래 아늑하게 감싸여 있다.

1842년 10월 7일의 일기

잡초들이 시들어 간다. 날씨가 서늘해지고, 호수 물은 더 맑아졌다. 아직 시들지 않은 잡초들을 관찰할 때다. 물고기들이 눈에 잘 띈다. 몸집이 작은 물고기를 삼킨 강꼬치고기의 입에서 작은 물고기의 꼬리가 튀어나와 있는 것을 보았다. 지금처럼 따뜻할 때도 있긴 하지만, 한 달 전과 지금의 계절은 아주 다르다. 인생의 한 시기와 다른 시기처럼. 서리가 내린 탓이다.

1851년 10월 7일의 일기

몸을 움직여 숲속으로 1마일이나 걸어 들어갔는데, 정작 내 생각은 그곳에 있지 않을 때 깜짝 놀라게 된다. 오후에 산책을 하고 있으면 아침나절에 했던 일과 사회 속 의무 같은 것들을 모두 잊곤 한다. 그러나 이따금 마을 사람들 생각을 쉽게 떨치지 못하기도 한다. 어떤 일이 머릿속에서 떠나지 않을 때, 나는 몸이 있는 곳에 있지 않으며 감각을 떠나 있다. 산책할 때는 되도록 감각을 회복하려 한다. 숲 밖의 일을 생각하고 있다면, 나는 무엇을 하러 숲에 가는 것이란 말인가?

《걷기(1862)》

다수결로 모든 경우를 통치하는 정부는 정의를 바탕으로 한다고 할 수 없다. 사람들도 그 사실을 이해하고 있지만 그런 일이 벌어진다. 다수결이 아니라 양심에 따라 옳고 그름을 결정하는 정부는 현실적으로 불가능할까? 다수결은 그런 문제들에 대해 오직 편의주의 원칙을 적용해서 판단하는 것이 아닌가? 시민은 입법부에 대해 잠시 양심을 포기하거나 최소한으로 만들어야 하나? 그렇다면 사람에게 양심이 왜 있을까? 우리는 먼저 사람이 되어야 하고 그다음에 국민이 되어야 한다고 생각한다.

《시민 불복종(1849)》

10
11
점점 더 자연 속으로 섞여 들어가는 것 같다. 나의 지적인 생활은 예전보다 더 자연에 속해 있고, 영적인 것에서는 좀 멀어진 것 같다. 계절을 기억하지도 않는다. 나 자신에게 요구하는 것도 별로 없다. 나의 비열함에 익숙해지고 있으며, 나의 저열함을 허용하고 있다. 오, 이런 나 자신에게 만족하지 않기를! 한 단계씩 내려갈 때마다 고통을 느끼기를!

1851년 10월 12일의 일기

벽돌 공장에 보내려고 철로 옆에 쌓아 둔 하얀 모래가 섬세하게 층을 이루고 있다. 이 위대한 지구의 섬세한 층리는 숙녀의 책상에 놓인 양서의 낱장들 같다. 층층이 쌓인 역사! 천천히 섬세하게 지구가 쌓아 놓은 과정을 보며 나는 감동한다.

1852년 10월 12일의 일기

교회의 링컨 벨이 울리는 소리를 듣는다. 멀리서 들으면, 종소리는 마치 하프처럼 공기 속을 지나가면서 특정한 진동음을 낸다. 모든 음악은 알고 보면 하프의 음악이다. 음악에 맞춰 진동하는 현들이 공기에 가득 차 있다. 단지 종소리만 울리는 게 아니라 공기가 웅웅거리며 진동하고, 그것이 나를 매혹한다. 소리가 내 귀에 닿기 전에 수없이 수정되고, 선별되며, 정제된다.

1851년 10월 12일의 일기

10월이 되자 말벌 수천 마리가 마치 겨울 숙소로 이주하듯 나의 오두막으로 들어왔다. 창가와 머리 위 벽에 자리를 잡는 바람에, 손님들이 집 안에 들어오는 것을 포기하는 경우도 있었다. 아침마다 말벌들이 추위로 얼어붙어 있을 때, 나는 몇 마리씩 빗자루로 쓸어서 밖으로 내보냈다. 그러나 애써 말벌을 없애려고 하지는 않았다. 내 집을 만족스러운 피난처로 여기는 말벌들에게 칭찬받고 있는 기분까지 들었다.

집에 불 때기, 《월든(1854)》

도시마다 500에서 1,000에이커 정도의 공원이
나 원시림이 있어야 한다. 나무를 땔감으로 베
어 내지 못하게 하고, 교육과 레크리에이션을
위한 장소로서 영원히 공동 소유로 삼아야 한
다. 신대륙을 늘 새롭게 유지해서, 사람들이 이
나라에 거주하는 장점을 잃지 않게 하자.

1859년 10월 15일의 일기

솔잎이 상당히 많이 떨어졌다. 소나무 아래 연갈색 바늘들이 양탄자처럼 깔린 것을 보라. 풀 위에 얼마나 가볍게 내려앉았는지, 그리고 저 거대한 바위와 벽의 꼭대기에, 선반처럼 튀어나온 것 위에 얼마나 많이 쌓여 있는지. 아직은 그리 납작하거나 붉은빛이 돌지 않지만, 바닥에 떨어뜨린 장부촉처럼 섬세한 연갈색 솔잎이 가볍게 흩어져 있다. 땅을 거의 뒤덮었다. 솔잎은 자신의 한 해를 땅에 기꺼이 내어 주면서 얼마나 아름답게 죽어 가는지! 솔잎은 다시 자라기 위해 떨어진다. 소나무가 자랄 수 있는 이 풍요로운 토양을 이루는 것은 단지 한 해의 퇴적물만이 아니라는 것을 솔잎은 알고 있다.

1857년 10월 16일의 일기

10
17

인간은 지구에서 일어나는 현상보다는 천체의
현상을 더 중요하게 여긴다. 이것은 잘못된 일
이다. 자기 일에 유념하는 것보다 이웃을 돌보
는 일이 더 존경받고 추앙할 일이라고 여기는
것과 마찬가지다. 별들을 잇는 교차점은 우리
가 풀어야 할 매듭이 아니다.

1859년 10월 16일의 일기

이번 10월 축제에는 화약도 종소리도 없다. 하지만 모든 나무가 수천 개의 밝은색 깃발을 휘날리는 자유의 깃대가 되었다. 계절을 알리는 이 나무들 덕분에 마을은 비로소 완벽해진다. 나무들은 마을 시계만큼이나 중요하다. 나무들이 없는 마을은 잘 굴러가지 않을 것이다. 나사못이 헐거워지고, 필수적인 부분이 빠진 것처럼 말이다. 봄에는 버드나무가 있고, 여름에는 느릅나무가 있으며, 가을에는 단풍나무와 호두나무, 니사나무가 있다. 겨울에는 상록수가 있다. 또 모든 계절에는 떡갈나무가 있어야 한다. 집 안에 회랑이 있듯이 거리에도 회랑이 있다!

1858년 10월 18일의 일기

정부가 불의의 편에 힘을 실어 줄 때, 특히 오늘 날 우리 시대에서처럼 노예제도를 이어가고 노예 해방론자들을 죽이기 위해 불의를 저지를 때, 정부는 짐승이다. 짐승보다 더 나쁘다. 폭력을 휘두르니까! 악마의 폭력이다! 매우 명백한 폭정이다. 이곳에서 저질러지는 폭정에 저항하는 반역죄는 인간을 만들어 내고 또 영원히 재창조하는 힘에 근원을 두고 있으며, 바로 그 힘에 의해 최초로 행해졌다(노예폐지론자 존 브라운의 체포 소식을 들은 뒤).

1859년 10월 19일의 일기

모든 물질적인 것들은 어떤 의미에서는 인간의 친척들이며, 인간이 따라야 하는 것과 같은 법칙의 지배를 받는다. 양초조차 마찬가지라서 영원히 탈 수 없다. 어떤 이들은 고대 무덤에서 타는 램프가 발견되었다고 하지만, 그것 또한 탈 수 있는 한정된 시간이 있다. 자신에게 주어진 생명을 완성하는 것이다. 양초는 인간의 삶 안에서 불붙지도 타 버리지도 않는 붙박이별들이 아니다. 그들도 인간의 먼 친척이다.

1846년 가을의 일기

쇠락해 가는 것은 얼마나 아름다운가! 나는 흰 떡갈나무 잎을 줍는다. 바싹 말랐으나 마치 10월처럼 붉은빛과 초록빛이 여전히 감돌고 있다. 즙이 많은 부분은 벌레가 파먹어 섬세한 잎맥을 정맥처럼 드러낸다. 햇빛에 비춰 보면 매우 아름답다. 오직 벌레만이 할 수 있는 작업이다. 그러나 채소의 왕국에서 그렇게 뼈대가 드러나는 모습은 동물의 왕국에서 해골이 드러나는 모습만큼이나 역겹게 보일 때도 있다.

1855년 10월 18일의 일기

떡갈나무는 갈색으로 물든 바싹 마른 잎을 달고 소나무들 사이에 서 있다. 밝은 빛은 대부분 날아가고 마치 잘 구워진 빵처럼 먹음직해 보인다. 나무 전체가 무르익어 태양열로 완벽하게 익은 하나의 열매 같다. 봄에 잎사귀를 틔우던 바로 그 태양이 이제는 서리의 도움을 받아 한 해의 샘물을 봉인하고 말라붙게 했다. 이제는 쉬어야 한다는 명령이 내려졌다. 나무들은 잎사귀를 떨군 채, 마치 마구에서 풀려난 말처럼 근심 없이 자유롭게 서 있다. 만족스러워하며, 투덜거리지도 않고, 힘을 집중해서 겨울의 거센 바람에 맞설 준비를 하고 있다.

1858년 10월 22일의 일기

10
23
밤이 익는 철이다. 나무를 향해 돌을 던지거나 줄기를 잡고 흔들면, 머리와 어깨 위로 소나기처럼 밤들이 쏟아진다. 하지만 나는 돌을 던진 것에 대해 변명의 여지가 없다고 생각한다. 먹을 것과 그늘을 주는 나무에게 상처를 입히는 것은 비열하기 짝이 없는 짓이며, 범죄이다. 고목은 우리의 부모이다. 어쩌면 부모의 부모일 수도 있다. 자연의 비밀을 배우고 싶다면, 누구보다도 더 큰 인간애를 실천해야 한다. 나무에게 상처를 입히면서 도둑질했다는 생각까지 든 것은 아니지만 지각이 있는 존재를 향해 돌을 던진 것 같아 마음이 좋지 않았다.

1855년 10월 23일의 일기

그토록 높이 솟아올랐던 나무들이, 얼마나 만족스러워하며 다시 흙으로 돌아가는지, 그리고 어떻게 몸을 눕혀 둥치에서부터 기꺼이 썩는지, 어떻게 새로운 세대에게 영양분을 전해 주어서 높은 곳에서 다시 펄럭이도록 하는지! 나무들은 우리에게 죽는 법을 가르쳐 준다.

《가을의 빛깔(1862)》

아마도 10월 25일인 것 같다. 특별한 해넘이 광경을 보았다. 이제까지 본 것 중 가장 다양한 형태와 색깔로 저녁노을이 서쪽 하늘에서 동쪽 하늘까지 넓게 펼쳐졌다. 모래 위에 물결이 이는 것처럼 구름이 부드럽고 섬세하게 파문을 만들기도 했다. 그러나 그때 나는 그 아름다움을 바라보기 힘들었다. 내 마음속은 존 브라운 John Brown*에 대한 생각으로 가득 차 있었다. 그의 운명이 함축하고 있는 커다란 불의가 세상의 모든 아름다움에 그늘을 드리웠다.

1859년 11월 12일의 일기

* 존 브라운John Brown(1800~1859) 미국의 노예제도 폐지 운동가, 군대를 조직해 노예제도를 폐지하려는 무력 활동을 펼쳤다.

배를 타고 강을 거슬러 허버드 세컨드 그로브 Hubbard's Second Grove까지 올라가서, 비바람과 거친 물살의 소란스러움과 흥분을 누리려고 한다. 어두운 물결에 몸을 맡기고, 주위로 몰려드는 강물 소리를 듣는 것은 짜릿하다. 강물의 통치가 이제 막 시작된다. 얼마나 출렁이며 흥청거리는지! 물살은 강물의 잎사귀이고 거품은 꽃이다. 서로에게서 새로운 흥분을 끌어내면서 내달리고 튀어 오르고 몰려다닌다! 이보다 더 활기찬 파도를 일으킬 수 있는 것은 바다 그 자체의 리듬과 게임을 익힌 참돌고래와 검은고래 떼뿐이다.

1857년 10월 27일의 일기

10
27

들판에 어울리는 생각과 집에 어울리는 생각은 다르다. 내 생각은 야생 사과처럼 산책자들을 위한 음식이다. 그것을 집에서 맛보면 구미에 맞지 않을 것이다.

1855년 10월 27일의 일기

10
28

별들의 영원한 기하학적 형태. 어둠이 짙어질
수록 푸른 하늘에 모습을 드러내는 밝은 점들
이 얼마나 놀라운가, 세상의 다른 모습으로 비
유하자면, 여름이 무르익으면서 언덕에 점점이
나타나는 열매들 같다!

1852년 10월 28일의 일기

나뭇잎이 떨어지면, 온 세상이 산책하기 쾌적한 공동묘지가 된다. 나는 낙엽의 묘지 위를 돌아다니며 골똘히 생각에 잠기기를 즐긴다. 이곳에는 허무맹랑한 거짓 묘비는 없다. 오번산 Mount Auburn에 묻힐 땅이 없다고 한들 어떻겠는가? 당신의 자리는 분명히 이 드넓은 묘지 어딘가에 있고, 이미 오래전에 축복받은 곳이다. 당신의 자리를 확보하려고 경매에 참여할 필요는 없다. 여기는 공간이 넉넉하다(원래는 1855년 10월 29일의 일기다).

《가을의 빛깔(1862)》

한 해의 각기 다른 사계절에 관한 추억이 우리의 정서에 얼마나 영향을 미치는지! 일기 속에서 그런 추억과 마주치면 시처럼 느껴진다. 다른 계절과 그 계절에 일어났던 현상들을 당시보다 더욱 잘 음미할 수 있다. 그렇게 보여지는 세상은 오직 한 계절, 아름다움으로 가득한 봄이다. 그 계절의 가장 귀한 향기, 가장 순수한 멜로디만이 우리에게 다가온다.

1853년 10월 26일의 일기

10
31

절벽 위에 앉아 있는데 태양이 점점 기울면서, 나의 남쪽과 동쪽에 자리 잡은 링컨 숲이 평평하게 낮아진 빛에 물들었다. 덕분에 숲 여기저기에 흩어져 있는 주홍색 떡갈나무가, 우리가 알고 있는 것보다 훨씬 더 환한 붉은빛으로 빛난다. 이 방향에서 그리고 지평선에 보이는 떡갈나무과의 모든 나무들이 선명한 붉은빛으로 서 있다. 당신은 이 세상에 존재하는 가장 붉은 나무를 본다. 그 강렬한 빨강은 당신의 시선이 향하는 대기에서 힘을 흡수한다. 일부는 태양이라는 불꽃에서 빌려 온 힘이다.

1858년 10월 31일의 일기

이 사과들은 기후와 계절의 특질을 흡수할 때까지 바람과 서리, 비를 맞으며 나무에 매달려 있다. 그러다가 맛이 잘 들면, 그 정수가 우리 속으로 들어와 침투하고 스며든다. 사과는 제철에 밖에서 먹어야 한다.

10월의 과일이 지닌 야생의 선명한 맛을 제대로 음미하려면, 10월과 11월의 매서운 공기를 호흡해야 한다. 산책하는 이가 바깥 공기 속에서 활동하고 나면 미각이 색다른 상태가 되어, 몸을 잘 움직이지 않는 사람들이 자극적이고 괴상하다고 할 맛이 나는 과일을 찾게 된다.

야생의 과일은 들판에서 먹어야 한다. 운동하고 난 뒤 온몸이 뜨거워졌을 때, 서리 내린 차가운 날씨가 손가락을 시리게 할 때, 바람이 헐벗은 나뭇가지를 흔들어 얼마 남지 않은 잎사귀들이 바스락거릴 때, 어치의 요란한 울음소리가 주위에서 들려올 때 먹는 게 어울린다. 집에서는 시큼했던 것들이 상쾌한 산책 뒤에는 달콤하게 느껴진다. 이런 사과들에는 상표가 붙을지도 모른다. '바람 속에서 먹는 것'이라고.

《야생 사과(1862)》

오후가 짧아지면서, 저녁이 이르게 찾아와 우리는 집안일을 마치기 위해 서둘러 집으로 돌아간다. 인생이 짧다는 사실을 떠올리면서, 한 해가 저물어 가는 이즈음은 좀 더 수심에 잠긴다. 그러나 새롭게 시작된 11월보다 더 솔깃한 새로움은 없다. 유럽이나 다른 세상으로 떠난다 해도 마찬가지다. 완전히 새로워진 자아로, 우체국 가는 길처럼 익숙한 길로 산책을 나가자. 이러한 기대와 신뢰는 무한해서 설령 타격을 받는다 해도 표가 나지 않는다. 다시 한번 나무 열매를 주우러 가자. 겨울 저녁에 깨 먹을 수 있도록 세상의 호두를 따 오자.

1858년 11월 1일의 일기

11
02

자연의 품 안에서 흘러가는 인간의 다사다난한 삶이 없다면, 자연은 무엇일까? 많은 기쁨과 슬픔은 자연이 보여주는 가장 아름다운 빛과 그림자다.

1853년 11월 2일의 일기

우리의 숲과 들판은 원시의 늪과 함께 여기저기 어디에나 있다. 마을은 사람들이 허클베리 열매를 두고 서로 다투지 않아도 될만큼 훌륭한 숲으로 둘러싸여 있다. 그만큼 완벽하지는 않지만 조성된 공원과 정원, 수목원, 오솔길의 조망과 풍경도 뛰어나다. 이는 우리 국민이 지닌 예술성과 교양의 자연스러운 결과이면서, 모든 마을이 자연의 진정한 낙원을 공유하고 있는 덕분이다. 돈을 들여 의도적으로 조성한 공원과 정원들은 진짜 낙원의 모조품에 지나지 않는다. (원래는 1853년 11월 3일의일기다).

《메인 숲(1864)》

풍경은 우리가 그 진가를 알아보는 만큼의 아름다움이 보일 뿐이다. 더도 덜도 아니고 딱 그만큼이다. 어떤 사람이 언덕 꼭대기에서 바라본 실제 사물은 보는 장소와 보는 사람들이 달라지면 다르게 보일 것이다. 어떤 의미에서는 집에서 나갈 때부터 이미 당신의 눈 속에 진홍색 떡갈나무가 담겨 있어야 한다. 어떤 것에 대한 개념을 지니기 전까지, 그것을 머릿속에 넣어 두기 전까지, 우리는 아무것도 볼 수 없다. 개념이 들어오고 나서야 겨우 보게 된다(원래는 1858년 11월 4일의 일기다).

《가을의 빛깔(1862)》

투표는 그저 게임 같은 것이다. 체커나 주사위 던지기와 같다. 약간의 도덕적 색채를 띤 옳고 그름을 가르는 게임이다. 도덕적 질문과 함께 자연스럽게 내기도 따라온다. 하지만 유권자들은 자신의 인격까지는 판돈으로 걸지 않는다. 나는 어쩌면 옳다고 생각하는 쪽에 표를 던지겠지만 옳은 쪽이 우세해야 하는 것에는 크게 신경 쓰지 않는다. 기꺼이 다수에게 결정을 맡긴다. 옳다고 생각하는 쪽에 투표하는 것만으로는 충분하지 않다. 그것은 단지 옳은 쪽이 우세해야 한다는 당신의 갈망을 사람들에게 희미하게 드러내는 것일 뿐이다.

《시민 불복종(1849)》

천재적 능력으로 집중하지 않는 한, 늘 우리 앞을 지나치는 것을 얼마나 무시하는지 놀라울 정도다. 꼬리에 흰 점이 있는 작은 참새들이 최근에 자주 보인다. 수많은 봄과 가을에 눈앞을 스쳐 지나갔으나, 여전히 나에게 낯설다. 그 새들이 언제 왔는지, 어디로 가는지, 습성이 어떤 것인지 궁금해한 적도 없었다.

1853년 11월 6일의 일기

11
07

지금은 최고의 호두를 먹을 수 있는 시기다. 가볍게 두드리면 껍질이 반으로 쪼개진다. 자연의 어떤 선물도 하찮게 보아서는 안 된다. 나는 견과류 특유의 건강한 단맛을 매우 좋아한다. 해마다 가을에는 히코리나무 열매 같은 것들을 주우며 시간을 보내는 게 유익하다고 생각한다. 몇몇 열매들은 크기도 크고, 영양이 풍부해 보이며, 맛이 좋다. 아이들처럼 자연의 가장 작은 선물까지 받아들이고 본래의 가치를 가장 소중하게 여기지 않는다면, 어떻게 자연을 이해할 수 있을까?

1853년 11월 7일의 일기

자연의 각 단계는 아예 보이지 않는 것은 아니
지만, 그래도 아주 선명하거나 눈에 잘 띄지는
않는다. 찾아보면 발견할 수 있으나, 우리의 주
의를 끌어당기지는 않는다. 혼자 있을 때의 장
점을 누리게 해 주면서도 조용히 공감해 주는
길동무 같다. 우리는 그와 함께 있으면 걷고 말
하고 침묵할 수 있으며, 낯선 곳에서 긴장할 때
도 굳이 대화를 나눌 필요가 없다.

1858년 11월 8일의 일기

11
09

나는 기꺼이 사실 이외의 것을 쓰려고 한다. 사실들은 단지 내 그림의 액자이어야 한다. 내가 쓰고 있는 신화의 재료가 되어야 한다. 상식적 의미에서 사람들이 돈을 벌고 농부들이 농사를 지어 수익을 내는데 도움이 되는 그런 사실들은 아니다. 내가 누구인지, 내가 어디에 있었는지, 무슨 생각을 했는지 말해 주는 사실이다. 지금 저녁 모임을 알리는 종이 울린다. 대포가 발사된 곳에서 피어오르는 연기 같은 종소리의 울림이 내가 거주할 천막이 된다. 나는 의미 있는 사실들, 신화나 신화적인 것이 되는 사실들을 진술할 것이다. 마음이 꿰뚫어 본 사실들, 몸이 생각해 낸 사유들, 그런 것들을 나는 쓴다.

1851년 11월 9일의 일기

정치는 모래와 자갈이 잔뜩 들어 있는 사회의 모래주머니다. 대립하는 두 정당이 각각 절반을 차지하고 서로 부딪히며 삐걱거린다. 개인뿐 아니라 국가도 소화 불량에 걸린다. 그런 증상을 어떤 변설로 드러내는지 상상할 수 있을 것이다(원래 1851년 11월 10일의 일기다).

《원칙 없는 삶(1863)》

11   나에게는 사랑이나 돈, 명성보다 진실을 달라.

11

맺는말, 《월든(1854)》

나를 여기까지 이끈 사람들이 친절을 베풀었다고 여길 수밖에 없다. 금전적으로 풍요롭지 못해서 내가 태어난 곳에 이렇게나 오래 머물러 살았다. 덕분에 지구 위 이 지역을 더 많이 알게 되고 사랑하게 되었다. 전 세계를 돌아다니면서 얻는 얄팍하고 산만한 사랑이나 지식에 비하면 어떤 의미를 갖는 걸까? 여행자는 열매 맺기 힘들며, 편안하지 않은 상태이다. 자연의 품에서 사는 삶은 재물로 살 수 없다.

1853년 11월 12일의 일기

11
13 자연이 나에게 어떤 영양분을 주든, 무한히 반
복될 위험을 무릅쓰고라도, 무조건 흡수하는
것이 나의 일이다. 나는 하늘과 땅의 젖을 빤다.

1853년 11월 3일의 일기

11
14

내 생각은 세상이 지닌 의미의 일부이다. 그래서 내 생각을 표현하기 위해 세상의 일부를 상징으로 사용한다.

1852년 11월 4일의 일기

11
15

해변은 중립 지대 같은 곳이라서, 이 세상을 숙고해 보기에 가장 유리한 곳이다. 끝임없이 육지로 밀려오는 파도는 아주 멀리 여행을 다니는 것이라서 친근하게 길들일 수 없다. 쏟아지는 햇빛 속에서 거품이 이는 해변을 하염없이 걷다 보면, 우리도 역시 바다의 끈적한 진흙에서 태어났다는 생각이 든다. 해변은 순수한 야생의 장소라서 아첨을 할 여지가 없다.

《케이프 코드(1865)》

적어도 하루에 네 시간 동안 걷지 않으면 내 건강과 정신을 지킬 수 없다고 생각한다. 보통은 그보다 더 길게 숲과 언덕과 들판을 한가롭게 거닐면서, 세속의 모든 할 일에서 완전히 벗어난다. 솔직히 나는 몇 주일씩 그리고 몇 달씩, 아니 거의 몇 년씩이나 가게와 사무실에 온종일 틀어박혀 지내는 이웃들의 도덕적 무감각뿐 아니라 그 인내심이 놀라울 따름이다.

《걷기(1862)》

11
17

한 세기 후에 이 들판을 걷는 이가 야생 사과를 따는 즐거움을 모르게 될까 봐 걱정이다. 아, 가없은 사람, 그가 알지 못할 즐거움이 이토록 많다! 이제 사람들은 나무를 접붙이고, 값을 치르고, 자기 집 바로 옆에 있는 작은 땅에 모아서 심고 울타리를 친다. 결국 우리는 통에 담긴 사과를 사러 갈 수밖에 없을 것이다.

《야생 사과(1862)》

소귀나무로 뒤덮인 야트막한 둔덕에 오르자마자, 태양이 소귀나무 숲 위의 한 지점에서 모습을 드러냈다. 설명하기 힘든 방식으로 둥글둥글한 가지들이 빽빽하게 얽혀 있는 나무 둥치에서 햇빛이 반사되었다. 마치 하얗게 서리가 내린 풀밭에서 반사되는 햇빛 같았다. 수많은 표면이 이제 햇빛을 반사할 채비를 하고 있다. 이것도 11월의 수많은 은빛 반사광들에 속한다. 해가 질 무렵에 유리창에 반사되는 빛도 다른 어느 계절보다 찬란하다. '11월의 빛'이 나의 주제가 되리라.

1858년 11월 17일의 일기

11
19

사람은 자신을 쫓아낸 곳을 떠나 다른 곳으로 가는 게 낫다는 생각을 종종 한다. 어디서든 부유하고 힘이 있다면, 자신이 태어난 곳에 있는 것과 마찬가지다. 여기에서 나는 40년 동안 들판의 언어를 배웠고, 그래서 나 자신을 더 잘 표현하게 되었다.

1857년 11월 20일의 일기

11월의 아름다움은 은빛으로 반짝이는 빛에 있다. 공기는 청명하고, 빛을 반사할 수 있게 매끄럽고 빛이 바래서 희끄무레한 표면이 드러난 것들이 많다. 헐벗은 목초지 위를 걸어갈 수 있을 정도로 적당히 춥기만 하면, 적갈색으로 드러난 땅이 반사하는 우주의 후광과도 같은 풍요로운 빛을 볼 수 있다. 그보다 즐거운 일은 거의 없다.

1858년 11월 20일의 일기

11
21   누군가와 다투었다면, 그 사람이 우리를 실망

하게 만드는 요구를 했을 게 틀림없다.

1853년 11월 22일의 일기

얼마 전까지 감탄하며 바라보던 현상들이 지금은 많이 사라졌다. 그러나 예전보다 더 놀랍고 흥미로워진 현상도 있다. 이제는 불을 더 많이 때야 해서 멀리 떨어진 굴뚝에서 피어오르는 연기의 양이 많아졌고, 서늘한 공기 속에서 더 선명하게 보여서 바라보기에 즐겁다. 연기를 보고 있노라면 생각이 빠르게 이어져 지붕 아래 난롯가에 모인 가족과 사람들의 집을 상상하게 된다.

1860년 11월 22일의 일기

강은 대단한 엔지니어다! 정확한 수평기를 가지고 초원의 구불구불한 높낮이가 모두 드러나게 한다. 농부가 건초 수레를 끌고 가기에 적당한 마르고 단단한 땅이 어딘지, 어떻게 도랑을 건너야 하는지, 모래를 어디에 채워야 하는지 알게 해 준다. 강은 분명히 자연의 기하학에 속한다.

1853년 11월 23일의 일기

11
24

황량한 11월의 누런 대지 위를 걸으며 하얀 떡 갈나무 열매를 갉아 먹는다. 이 씁쓸한 맛은 수입된 파인애플 한 조각보다 나에게 더 소중하다. 식탁 위에 올라오는 과일에는 별로 관심을 두지 않는다. 노인과 미식가를 위한 것이니까. 그런 과일은 상상력을 키우지 못하고 오히려 말라붙게 한다. 먹을 수 있든 아니든, 야생 과일은 상상력을 키워 주는 디저트다. 남쪽 사람들에게는 파인애플이 있지만 우리는 야생 딸기로 충분하다.

1860년 11월 24일의 일기

11
25

이번 달은 다른 어느 때보다 산책하기가 힘에 부친다. 겨울이 되기 전 11월에 미리 숙소로 들어가야 할 것 같다. 이즈음에는 오후가 짧고, 금세 어두워져서 산책하기가 수월하지 않다. 미적거리다가 세 시쯤에야 집을 나서면, 시간 여유가 거의 없다. 마음을 좀먹는 11월이라고 불러야 하나? 손가락이 얼어서 제 할일을 못할 뿐 아니라, 몸과 마음이 모두 얼어서 마비되는 거 같을 때가 종종 있다. 모든 것이 굳게 닫히고 얼어붙어서 들판이나 숲에 보이는 것이 거의 없는 시기에는 산책할 용기를 내기가 어렵다.

1857년 11월 25일의 일기

어떤 시인들은 시를 쓰는 일이 오직 젊은이들이 할 일이라고 말하지만, 그렇지 않다. 열정이 넘치고 흥분하기 쉬운 시절에는 단지 미래의 경력을 위해 앞으로 나아가려는 충동만 있을 뿐이다. 목표로 삼았으나 이루지 못한 뒤의 모든 삶에서 비로소 이상은 뚜렷하게 나타난다. 가장 유연하면서 봄이 깃들어 있는 젊은 시절에는 단지 적절한 방향으로 나아갈 자극을 얻을 뿐이다. 이러한 것이 길을 따라 여행하는 것 혹은 평생 충실히 그 충동을 따르는 것과 동등한 가치를 지닌다고 가정하는 것은 어리석다.

1857년 11월 24일의 일기

11
27

오늘 아침에 스테이시의 집 커다란 유리창 앞에 섰을 때, 서리가 멋지게 얼어붙은 것을 보았다. 서리가 그토록 아름다운 깃털과 전나무 형태로 얼어붙어 있는 것은 본 적이 없었다. 그 집 유리창 안으로 크리스마스와 새해 선물로 준비한 예쁜 물건과 장난감들이 잔뜩 보였다. 그러나 섬세하고 우아하게 창밖을 수놓은 서리가 그런 것들보다 훨씬 아름다웠다. 수많은 깃털과 매우 선명한 잎맥들과 섬세한 지느러미들, 태어나 처음 보는 커다란 소나무 깃털 같은 결정도 있었다. 유리를 실제로 그렇게 깎을 수 있다면 얼마나 아름다울까!

1857년 11월 27일의 일기

우리 대부분은 바다 위에서 아직 발견되지 않은 섬을 향해 항해하는 사람처럼 아직 고향의 들판에 대해 모른다. 예쁘고 달콤해서 우리를 놀라게 할 낯선 과일을 가을마다 고향에서 발견할 수도 있다.

1860년 11월 23일의 일기

11
29
하늘은 우리 머리 위에 있는 것처럼 발아래에
도 있다.

겨울 호수, 《월든(1854)》

상당히 춥고 바람이 부는 오후다. 눈이 녹지 않은 곳도 있다. 자연이 나에게 어떤 신호를 보내 달라고 부탁하고 있는 기분이다. 내 눈을 사로잡았던 것이 무엇인지 정확히 모르겠다. 무엇인가를 보았고, 순간적으로 반가운 느낌이 들었다. 하얀 소나무들을 보고 기뻤던 게 분명하다. 은빛으로 반짝이는 나뭇가지들이 현무암 구조처럼 켜켜이 무한하게 겹쳐져 있다. 소나무의 절벽이 허물어지며 수평으로 층을 이룬 것 같다. 내 집은 어디로 갔나? 오래된 지하실 구멍처럼 분명하지 않다. 이제는 농부의 들판에 희미하게 움푹 패인 부분이 있을 뿐. 나는 옛 집터에서 한때 그곳에 서 있던 떡갈나무 그루터기에 걸터앉는다. 우리가 살아온 자연의 풍경은 그러했다(오래전 허물어진 월든의 집터에서).

1851년 11월 30일의 일기

12월

December

개간되지 않은 숲과 목초지가 주위에 있어야 마을의 삶은 정체되지 않는다. 우리에게는 활력을 북돋아 줄 야생이 필요하다. 이따금 알락해오라기와 뜸부기가 숨어 있는 늪지대를 거닐 수 있고, 도요새의 울음소리를 들을 수 있어야 한다. 야생성이 강해서 홀로 다니는 새들이 둥지를 짓는 곳, 밍크가 땅에 배를 대고 기어가며 부스럭거리는 사초밭의 냄새를 맡아야 한다.

우리는 열심히 모든 것들을 탐구하고 배우면서 동시에 모든 것들이 신비롭게 감추어져 있기를, 땅과 바다가 무한히 자연 그대로이길, 조사할 수 없고 이해할 수 없는 것이기를 바란다. 왜냐하면 자연은 불가해하기 때문이다. 자연은 결코 완전히 알려진 적이 없다. 우리가 한계를 지나쳤음을 알아야 하고, 우리의 발길이 미치지 않는 곳에서 자유롭게 방목하는 삶이 있음을 주시해야 한다.

봄, 《월든(1854)》

12
01

오솔길을 걷고 있는 내 앞으로 잿빛의 흰머리 멧새들이 날아간다. 눈밭에 수없이 떨어져 있는 작은 갈색 씨앗들을 주워 먹고 있다. 새와 짐승들에게는 많은 것들이 훨씬 더 선명하게 보인다. 이즈음 수확이 끝나면 수백 종류의 토종 곡물들이 눈 위에 흩뿌려진다. 씨앗들이 흙이나 쓰레기와 섞이지 않아 깨끗하고 하얀 냅킨 위에 떨어져 있는 듯 보이는 계절이다. 수당을 챙기듯 작은 새들이 그것들을 쪼아 먹는다. 청결한 식탁이 땅 위 몇 센티미터 위에 펼쳐져 있다. 이러한 경이로움이 내 안에서 사라질 수 있을까?

1856년 12월 1일의 일기

시민으로서 현실적으로 말한다. 자칭 무정부주의자들과는 달리, 나는 지금 당장 정부가 없어지기를 요구하는 게 아니다. 지금 당장 더 나은 정부를 요구하는 것이다. 모든 사람이 저마다 존중할 수 있는 정부가 어떤 것인지 알게 되면, 그러한 정부를 세울 수 있는 방향으로 한 걸음 더 나아가게 된다.

《시민 불복종(1849)》

12
03

지난달 30일에 집에 가져온 조개를 실수로 바깥에 두었는데, 지금 보니까 얼어서 죽어 있다. 빛이 잘 들지 않아서 조개껍데기에 아름다운 빛깔이 없는 것처럼 보이니 조금 슬퍼지며 반성하게 된다. 조개는 약탈자의 희생물이 되었고, 껍데기만 난파선처럼 물가에 남겨졌다. 껍데기는 아름답게 빛나면서 그 속에 살던 존재를 기리는 훌륭한 기념비로 남았다.

1853년 12월 3일의 일기

12
04

젊은이들이 평생 가장 훌륭하고 기억에 남을 만한, 미지의 운명과 가장 잘 어울릴 만한 경험을 하게 하라. 그 속에서 미래의 길을 발견하도록 하라. 그것만이 자신의 진정하고 귀중한 경력이라는 사실을 확신하게 하라.

1846년 12월 2일 이후의 일기*

12
05

추워서 집 안에 갇혀 지내야 하는 겨울이 좋다. 갇혀 있으면 어쩔 수 없이 새로운 분야와 자료를 탐구하게 되기 때문이다. 나는 그 계절에만 할 수 있는 일들을 가장 좋아하고, 다른 계절에는 그 일을 전혀 하지 않았으면 한다. 어떤 이득도 누리지 않는 것이 모든 이득 중에서 가장 큰 것이다. 가난할수록 더 풍요로워진다는 것, 그것은 가치를 따질 수 없는 진실임을 깨닫는다. 당신은 여러 방식으로 지식과 교양을 쌓는 것을 즐거워하지만, 나는 그것들을 버리고 있다고 생각할 때 기쁘다. 나는 세상에서 가장 존중할 수 있는 장소에서 가장 알맞은 시기에 태어났어야 했는데, 그러지 못했다는 당황스러움에서 벗어난 적이 없다.

1856년 12월 5일의 일기

그다음 해 겨울에는 나무를 아끼려고 조리용 소형 난로를 사용했다. 내 소유의 숲이 없기 때문이다. 그러나 난롯불은 실외 화덕처럼 불꽃이 잘 타오르지 않았다. 조리 과정 대부분은 시적이라고 할 수 없었고 단지 화학적 과정에 불과했다. 난로를 사용하는 요즘 시대에는 우리가 인디언의 방식대로 감자를 재에 묻어 구웠다는 사실이 곧 잊힐 것이다. 난로는 공간을 차지하고 집에 냄새를 배게 할 뿐 아니라 불꽃도 보이지 않는다. 그래서 나는 동무를 잃어버린 기분이 들었다.

집에 불 때기, 《월든(1854)》

12
07 겨울이라고 불리는 위대한 옛 시는 나의 동의 없이도 다시 돌아온다. 겨울이 눈송이처럼 빠르게 왔다. 노인들의 예측은 놀라울 정도로 틀리지 않는다. 여름이 지나면, 다시 겨울이 온다. 자연은 이러한 리듬을 매우 좋아해서 아무리 반복해도 싫증을 내지 않는다.

1856년 12월 7일의 일기

내가 알아차리지 못한 사이에 겨울이 왔다. 나는 글을 쓰느라 몹시 바빴다. 자연이 이끄는 삶은 그러하다. 나의 습관적 삶과 얼마나 다른가? 마치 공장에 있는 기계의 축처럼 나의 삶은 서둘러 돌아가고, 거칠고, 사소하다. 반대로 자연을 따르는 삶은 여유롭고, 섬세하며, 꽃처럼 아름답게 빛난다. 전자의 삶은 단지 먹고 사는 것이고, 후자의 삶은 흐르는 대로 살아가는 것이다.

1854년 12월 8일의 일기

씨앗을 심지 않은 곳까지 싹이 돋아날 것이라고 믿지는 않지만, 그래도 나는 씨앗을 굳게 믿는다. 나에게도 신비한 근원이 있을 것이다. 당신에게도 씨앗이 뿌려져 있음을 확신하며, 경이로움을 볼 준비가 되어 있다. 특허청이나 정부에서 씨앗을 나눠 주기 시작할 때, 그리고 사람들이 이러한 씨앗을 심기 시작할 때, 새천년이 다가올 것이며, 정의의 통치가 시작되리라는 것도 믿는다.

《숲속 나무들의 이어짐(1860)》

앵글로 색슨들은 이 물결치는 숲을 정말로 베어 버릴 수도, 뽑아 버릴 수도 있다. 그리고 그 폐허 위에서 뷰캐넌Buchanan*에게 투표하라고 선거 유세를 할 수도 있다. 그러나 그는 쓰러뜨린 나무와 대화할 수는 없다. 그가 성공할 때마다 시와 신화는 후퇴할 것이며, 읽히지도 못할 것이다. 그들은 자신들의 광고 전단과 마을 회합 위임장을 인쇄하기 위해 무지막지하게도 평판에 적힌 신화를 지워 버린다.

《메인 숲(1864)》

---

* 제임스 뷰캐넌James Buchanan(1791~1868) 미국의 15대 대통령, 재임 시 미국에서는 노예 문제로 갈등이 심했다.

12
11   때로 나는 달빛 속에서 여우들이 자고새나 다른 사냥감을 찾아 숲속의 들개들처럼 거칠고 포악하게 짖으며 얼어붙은 눈 위를 헤매는 소리를 들었다. 불안해하며 고통스러워하는 소리 같았고, 표현할 감정을 찾는 소리 같았고, 거리로 풀려나와 빛을 찾아 돌아다니는 개들이 짖는 소리 같았다. 긴 세월을 놓고 본다면, 짐승들 사이에도 사람의 문명 같은 것이 존재할 수 있지 않을까?

겨울 동물들, 《월든(1854)》

우리의 삶과 우리와 동행하는 삶은 얼마나 멋지고, 놀라운가! 사람이 아니라 야생의 동물 같은 존재가 있어야 한다! 그리고 그들은 인류와 함께 사회 비슷한 상태에 도달해야 한다! 예를 들어, 고양이들을 떠올려 보라. 고양이들은 학교에 가지 않고, 성경을 읽지도 않는다. 그러나 학교에 다니고 성경을 읽은 것처럼 행동하지 않는가! 얼마나 비슷하게 행동하는지! 고양이의 운명과 기원에 대해 전혀 모르는 우리를 철학자라고 할 수 있을까!

1856년 12월 12일의 일기

12
13

병들고 무기력할 때는 삶이 장애물로 막혀 있으며, 이제 막바지에 다다랐다고 인정하는 게 용기를 준다. 그래야 손해가 없어 보인다. 잃어야 할 때 잃는 것은 힘을 축적하는 것이기 때문이다.

1857년 12월 13일의 일기

사람이 살지 않는 지역을 상상하기는 어렵다. 우리는 어디에나 사람이 있어서 영향을 미치고 있다고 무심코 가정한다. 그러나 도시 한가운데 사는 사람이 광대하고 무시무시하며 인적 없는 자연을 마주치기 전까지 순수한 자연을 알 리가 없다. 이 숲은 사람이 가꾼 정원이 아니라 오히려 사람 손을 타지 않은 땅이었다. 잔디밭도 목초지도 삼림도 초원도 경작지도 불모지도 아니었다. 자연 그대로인 행성 지구의 표면이었다. 우리로서는 영원히 사람이 거주하기 위한 곳이라고 말하지만, 자연이 이곳을 만들었고 사람은 힘닿는 대로 이용할 뿐이다.

《메인 숲(1864)》

12
15

새끼 고양이는 매우 유연해서 몸이 거의 두 배
로 늘어난다. 몸의 절반인 뒷부분이 함께 놀고
있는 다른 고양이 몸과 길이가 거의 같다. 꼬리
를 밟히기 전까지는 그것이 자기 꼬리인 줄도
모를 지경이다.

1861년 2월 15일의 일기

12
16

자연의 진정한 의미를 알려면 정확한 연구가
얼마나 더 필요할지 모른다. 연구로 밝혀진 사
실들은 언젠가 진실의 꽃으로 피어날 것이다.
계절이 무르익으면 잘 익은 이해의 열매를 맺
게 될 것이다.

1837년 12월 16일의 일기

내가 말하는 서부는 자연 그대로인 야생의 다른 이름이다. 나는 야생의 지역이 세계를 보존한다는 사실을 말하고 싶다. 모든 나무는 야생을 향해 뿌리와 가지를 뻗는다. 도시들은 아무리 비싼 값을 치르더라도 야생을 수입한다. 사람은 야생을 찾아 밭을 갈고 항해를 한다. 사람에게 힘을 주는 활력과 나무껍질을 숲과 황야에서 얻는다. 나는 숲과 초원을 믿고, 옥수수가 자라는 밤을 믿는다.

《걷기(1862)》

12
18

강연하는 동안 청중들이 나에게 주의 깊게 집중했고, 나는 만족했다. 보통 내가 바라고 기대하는 것은 그뿐이다. 나중에 나에게 말을 건 사람은 하나도 없었고, 그럴 필요도 없었다. 청중들 대부분은 분명히 나의 강연을 좋아했다. 그것을 의식하고 있었다고 해도 강연이 좋았다고 말한 사람이 얼마 되지는 않았지만 말이다. 보수적인 교회 지하 제의실에서의 강연이 교회의 그 보수성을 약화시키는 데 도움이 되었다고 믿는다(소로는 《걷기》에 대해 강연했다).

1856년 12월 18일의 일기

여기 서서 오랫동안 귀에 익은 윌러Wheeler's Wood 숲속 부엉이 울음소리를 듣는다. 깊은 숲속에서 들려오는 소리는 기이하고 공허한 북소리처럼 들린다. 숲 주위를 에워싸며 팽팽하게 당겨진 가죽, 숲의 고막을 때리는 듯하다. 그 고막을 통해 숲의 주민인 우리 모두는 듣는다. 그렇게 그 소리는 우리가 알고 있는 보편적인 소리로, 또는 노랫가락처럼 우리에게 다가온다. 그 소리는 부엉이 울음소리 그 이상이다. 숲의 소리이기도 하다. 부엉이는 잠시 쉬는 틈을 건드리거나 오히려 반향을 일으킬 뿐이다. 모든 자연은 그 피조물들이 연주하는 악기다.

1856년 12월 19일의 일기

커다란 매가 내 발아래 펼쳐진 소나무 숲 위에서 빙글빙글 돌면서 날카로운 소리를 냈다. 날아가다가 먹잇감을 발견한 것이 분명했다. 점점 더 넓게 선회한다. 마치 사람의 사유를 상징하는 듯하다. 솟아오르고, 다시 하강하고, 점점 더 크게 선회하다가 점점 원을 좁히고! 목적지를 향해 곧바로 날아가는 게 아니라 원을 그리며 나아간다. 하늘 위에서 빙빙 도는 모습이 점점 생각의 범위를 넓혀 가는 것 같다! 공기의 소용돌이를 뚫고 자신의 길을 따라간다. 움직임으로 시를 쓴다. 어느 한 장소를 다른 장소보다 선호하는 게 아니라, 가능한 한 각각의 장소를 즐긴다.

1851년 12월 20일의 일기

12
21

비판적 통찰력은 헛되이 과거를 밝히려 한다. 과거는 드러날 수 없다. 우리는 자신이 아닌 것을 알 수 없다. 그러나 과거, 현재 그리고 미래는 하나의 베일로 덮여 있다. 과거가 어떠했는지가 아니라 현재가 어떠한지를 알아내는 것이 역사가의 영역이다.

《콩코드강과 메리맥강에서 보낸 일주일(1849)》

세 살짜리 아이의 얼굴에서 대범하게 보이려고 애쓰는 표정을 읽었다. 오래된 깊은 고귀함과 이제는 사라진 가치들을 보았다. 지금 막 내가 만난 아일랜드 소년은, 오늘 아침 황량한 철로 너머 먼 숲속에 있는 판자촌에서부터 학교까지 왔다. 눈 속을 헤치고 학교 건물 계단을 향해 그 마지막 발걸음을 내디뎠다. 여전히 눈과 사투를 벌이며. 어린 조니 리오던^{Johnny Riordan}, 마치 페르시아 군대처럼 추위를 물리치기 위해 맞서 싸웠다. 아무 죄도 없음에도, 수천의 인드라 신이 잡아당기는 힘을 자신의 무릎으로 버티어 냈다. 자선을 베푸는 이들이 털로 몸을 휘감은 채 뒤뚱뒤뚱 걸어가는 동안, 어린 조니는 귀뚜라미처럼 활기차게 그들을 지나치며 학교로 향한다.

1851년 12월 22일의 일기

우리가 잘 안다고 생각하는 이 세계의 한 구역으로 들어가는 것보다 콜럼버스처럼 새로운 세계를 발견하는 일이 오히려 쉽다. 땅은 시야에서 사라지고, 나침반의 바늘은 여러 곳을 가리키며, 인류는 반란을 일으킨다. 이처럼 역사는 자연의 문 앞에 쓰레기를 쌓아 올린다. 일상의 이면에 자연이 있음을 가르치려면, 잠깐 제정신을 차리고 건전한 감각을 세워야 한다. 자연에 대해 우리는 명확하지 않은 선취권과 서부의 보호 구역을 가지고 있을 뿐이다. 우리는 그구역의 외곽에 살고 있다.

《콩코드강과 메리맥강에서 보낸 일주일(1849)》

어서 빨리 호숫가로 가서 살고 싶다. 거기서는 오직 갈대숲에서 속삭이는 바람 소리만 들을 것이다. 나 자신을 남겨 두고 떠날 수 있다면 성공이다. 그러나 친구들은 내가 거기 가면 무슨 일을 할 것인지 묻는다. 그저 계절의 변화만 지켜보는 것은 직업이 될 수 없을까?

1841년 12월 24일의 일기

12
25

나는 실험을 통해서 적어도 이것만은 알게 되었다. 꿈을 향해 자신 있게 나아가고, 상상했던 삶을 살려고 노력하면, 기대하지 않았던 평범한 시간에 성공을 만난다는 것. 허공에 성을 지었다고 해도 당신이 실패했다고 할 수는 없다. 성이 있어야 할 자리가 바로 그곳이다. 이제 그 밑에 토대를 놓으면 된다.

맺는말,《월든(1854)》

사람은 신체적으로나, 지적으로나, 도덕적으로 받을 준비가 되어 있는 것만을 받는다. 동물들이 특정한 계절에만 새끼를 배는 것과 마찬가지다. 우리가 듣고 이해할 수 있는 것은 이미 반쯤은 알고 있던 것이다. 모든 사람은 평생 자신의 궤도를 따라 듣고, 읽고, 관찰하고, 여행한다. 관찰한 것들은 서로 연결된다. 예전에 관찰한 것들과 연결되지 않는 현상이나 사실은 그것이 무엇이든 보이지 않는다. 그러니 지금은 받을 수 없는 것일지라도 머지않아 받을 준비가 될지 모른다.

1860년 1월 5일의 일기

12
27

천재성이 있는 사람은 자신이 무엇을 목표로 하는지 안다. 다른 사람들은 모른다. 자신의 목표와 자기 자신 사이에 어떤 일이 일어나는 순간을 알아차리는 것도 오직 그 사람뿐이다. 하지만 세월이 충분히 흐르고 나면 사람들은 자신들처럼 행동하지 않았던 당신을 용서할 것이다. 당신만의 방식으로 전해 줄 것들을 충분히 마련한다면.

1858년 12월 27일의 일기

넓은 여백은 책에서와 마찬가지로 사람의 삶에서도 아름다운 것이다. 시간을 지켜야 한다. 열차 시간이 아니라 우주의 시간을 지켜라. 한 가지 현상의 참다운 가치를 알려면, 평생 얼마나 많은 여백의 시간이 필요한지! 약속의 땅에 도달하면, 당신은 평생 그 옆에 진을 치고 머물러야 한다. 전적으로 자신을 내놓아야 한다.

1852년 12월 28일의 일기

12
29

날씨를 예측할 수 없다는 것은 얼마나 좋은 일인지. 덕분에 언제나 새롭다! 어제는 아무도 오늘을 상상하지 못했다. 오늘은 아무도 내일을 상상하지 못한다. 그래서 날씨는 언제나 새로운 소식이다. 하루가 밝아 오기 전까지 아무것도 알 수 없다니, 신은 우리에게 얼마나 섬세하고 한량없는 기쁨을 주는지!

1851년 12월 29일의 일기

온종일 눈보라가 몰아쳐 대부분 발이 묶였다. 철도가 막히는 바람에 열차도 다니지 않았다. 오늘은 모든 학교가 문을 닫았다. 나는 겨울에 숲속을 홀로 여행하는 사람처럼 눈 속을 헤치고 우체국으로 간다. 무릎까지 빠지도록 눈이 쌓여 있고, 눈발이 휘날려 집과 담장에도 사람 머리 높이까지 눈이 수북하다. 길 여기저기에 눈더미들이 산맥처럼 쌓여 있다. 동네 사람 모두 얼어 죽은 듯 인기척이 없다. 마치 몇 주 전에 재난이 지나간 것처럼 황량한 거리를 걷고 있다. 그러나 우체국 안은 따뜻하고 밝은 분위기다. 사람들이 열차 여행자들에게 새로운 소식을 묻는다. "상행이든 하행이든 운행하는 열차가 있나요? 눈은 얼마나 쌓였나요?"

1853년 12월 29일의 일기

그리하여 우리는 성지를 향해 터벅터벅 걷는
다. 어느 날 태양이 가장 밝게 빛날 때까지, 우리
의 마음과 가슴이 빛나는 날까지, 그리고 삶 전
체가 위대한 깨달음의 빛으로 환해질 때까지,
가을날의 강둑처럼 따뜻하고 고요하게 황금빛
으로 물들 때까지.

《걷기(1862)》

출처

이 책에 실은 글은 휴튼 미플린Houghton Mifflin이 1906년에 출간한 소로의 전집에서 인용했으며, 프린스턴 대학 출판부Princeton University Press에서 발행한 현대 표준판과 대조해서 확인한 것이다. 1906년 판본은 재출간되어 온라인에서 접할 수 있다. 프린스턴 판본에는 조셉 J. 몰든하우어Joseph J. Moldenhauer가 편집한 《케이프 코드Cape Cod(1988)》와 《메인 숲 The Maine Woods(1972)》, J. 린든 션리J. Lyndon Shanley가 편집한 《월든Walden(1971)》, 칼 F. 호브드Carl F. Hovde, 윌리엄 L. 호워스William L. Howarth, 엘리자베스 홀 위드럴Elizabeth Hall Witherell

이 편집하고 링크 C. 존슨Linck C. Johnson이 서문을 붙인《콩코드강과 메리맥강에서 보낸 일주일A Week on the Concord and Merrimack Rivers(1980)》이 포함되어 있다.

소로의 에세이《시민 불복종Civil Disobedience(시민 정부에 대한 저항Resistance to Civil Government)》과《원칙 없는 삶Life without Principle》은《케이프 코드》와《수필들》에서 가져왔으며, 웬델 글릭Wendell Glick이 편집한《개혁에 관한 글들Reform Papers(1973)》에도 실려 있다. 그 책에는《개혁과 개혁자들Reform and the Reformers》도 포함되어 있다.

자연에 관한 소로의 에세이《가을의 빛깔들Autumnal Tints》, 《매사추세츠의 자연사Natural History of Massachusetts》, 《숲속 나무들의 이어짐The Succession of Forest Trees》, 《걷기Walking》, 《걸어서 와추셋산까지A Walk to Wachusett》, 《야생 사과Wild Apples》, 《겨울 산책A Winter Walk》, 그리고《캐나다의 북군 병사A Yankee in Canada》는 조셉 J. 몰든하우어가 편집한《여행과 시Excursions and Poems(1906)》, 그리고《여행Excursions(2007)》 전집에 실려 있다.

발췌한 소로의 일기는 브래드포드 토레이Bradford Torrey와 프랜시스 알렌Francis Allen이 편집한 1906년 〈휴튼 미플린 시리즈(14권)〉에서 인용했다. 별표로 표시한 발췌문은 로버트 새틀마이어Robert Sattelmeyer가 편집한 〈프린스턴 시리즈〉,《일기Journal 제2권: 1842~1848(1984)》,《일기 제3권: 1848~1851(1990)》,《일기 제6권: 1853(2000)》을 인용했으며, 모두 허가를 받았다.

〈야생 과일〉에서 발췌한 서문의 내용은 소로의 애호가인 브래들리 P. 딘Bradley P. Dean이 복원하고 편집한《야생 과일: 재발견된 소로의 마지막 원고Wild Fruits: Thoreau's Rediscovered Last Manuscript(New York: Norton, 2000)》에서 인용했다.

헨리 데이비드 소로 연보

1817년 7월 12일	미국 매사추세츠주 콩코드에서 태어난다.
1823년	소로의 가족이 매사추세츠주의 다른 곳에서 살다가 콩코드로 다시 돌아간다. 아버지 존 소로 시니어John Thoreau Sr.가 연필 제조업을 시작한다.
1828~33년	콩코드 아카데미에서 공부한다.
1833~37년	하버드 대학에서 공부한다.
1837년 10월 22일	일기를 쓰기 시작한다.

1838~41년	형 존 소로John Thoreau와 함께 콩코드 아카데미를 운영한다.
1841~43년	랠프 월도 에머슨Ralph Waldo Emerson의 콩코드 집에서 살게 된다.
1842년 1월 11일	소로의 형 존이 26세에 파상풍으로 사망한다.
1843년 5~12월	스태튼 아일랜드에 살면서 윌리엄 에머슨William Emerson의 가정 교사로 일한다.
1844년 4월 30일	월든 숲Walden Woods에 실수로 불을 내어 150에이커의 숲이 소실된다.
1845년 7월 4일	월든 호수Walden Pond로 이사해서 직접 집을 짓고 산다.
1846년 7월 23일	세금을 내지 않아 하루 동안 감옥에 갇힌다.
1847년 9월 6일	월든을 떠나서 랠프 월도 에머슨이 해외 강연을 떠나 있는 동안 에머슨 가족과 함께 산다.
1848년 7월 30일	가족에게 돌아온다.
1849년	《콩코드강과 메리맥강에서 보낸 일주일A Week

on the Concord and Merrimack Rivers》을 출간한다.

최초의 전문 연구서《시민 정부에 대한 저항 Resistance to Civil Government(나중에 '시민 불복종 Civil Disobedience'으로 제목을 바꿈)》을 출간한다.

1850년	가족과 함께 콩코드 메인 스트리트Concord's Main Street에 있는 옐로우 하우스Yellow House로 이사한다. 그곳에서 여생을 보낸다. 다락방이 그의 침실이자 집필실이 된다.
1854년	《월든Walden》을 출간한다.
1859년	아버지 존 소로 시니어가 사망한 뒤, 가장이 되어 가업인 연필 제조 공장을 운영한다.
1862년 5월 6일	가족과 함께 사는 집에서 결핵으로 사망한다. 뉴 베링 그라운드New Burying Ground에 묻힌다. 《걷기Walking》, 《가을의 빛깔들Autumnal Tints》, 《야생 사과Wild Apples》가 그가 죽은 뒤 애틀랜틱 월간지Atlantic Monthly에 실린다.
1863년	《여행Excursions》이 출간된다.

1864년 《메인 숲Maine Woods》이 출간된다.

1865년 《케이프 코드Cape Cod》가 출간된다. 소로의
무덤이 매사추세츠주 콩코드에 있는 슬리피
할로우 묘지Sleepy Hollow Cemetery '작가들의 능
선Author's Ridge'으로 옮겨진다.

엮은이 | 로라 대소 월스Laura Dassow Walls

미국 노트르담대학교Univ. of NotreDame의 영문학 교수이며, 미국 초월주의 사상의 전문가이다. 헨리 데이비드 소로, 랠프 월도 에머슨, 알렉산더 폰 훔볼트 등 작가들의 작품에서 문학과 과학의 교차점을 연구해 왔으며, 환경 문학과 생태 비평을 전문으로 다루고 있다. 지은 책으로 《헨리 데이비드 소로 : 삶》, 《새로운 세계 보기 : 헨리 데이비드 소로와 19세기 자연 과학》 등이 있다.

옮긴이 | 부희령

서울에서 태어나 서울대학교에서 심리학을 전공했다. 2001년 단편소설 〈어떤 갠 날〉로 경향신문 신춘문예에 당선되었다. 지금은 소설가로, 번역가로 활동하고 있다. 창작 소설집 《꽃》, 동화 《고양이 소녀》 등을 썼으며, 《로마의 운명》, 《샤나메》, 《버리기 전에는 깨달을 수 없는 것들》, 《침묵의 기술》 등을 우리말로 옮겼다.

매일 읽는 헨리 데이비드 소로

초판 1쇄 발행 2022년 3월 1일
초판 2쇄 발행 2022년 4월 1일

지은이 헨리 데이비드 소로
엮은이 로라 대소 월스
옮긴이 부희령
펴낸이 이혜경

펴낸곳 니케북스
출판등록 2014년 4월 7일 제300-2014-102호
주소 서울시 종로구 새문안로 92 광화문 오피시아 1717호
전화 (02) 735-9515
팩스 (02) 6499-9518
전자우편 nikebooks@naver.com
블로그 nikebooks.co.kr
페이스북 www.facebook.com/nikebooks
인스타그램 www.instagram.com/nike_books

한국어판출판권 ⓒ 니케북스, 2022

ISBN 979-11-89722-51-7 (03840)